时间之战

Guerra del tiempo y otros relatos

[古巴] 阿莱霍·卡彭铁尔 著

陈皓 译

人民文学出版社
PEOPLE'S LITERATURE PUBLISHING HOUSE

著作权合同登记号　图字 01-2023-3058

Alejo Carpentier
Guerra del tiempo y otros relatos

图书在版编目(CIP)数据

时间之战/(古)阿莱霍·卡彭铁尔著;陈皓译
.—北京:人民文学出版社,2021(2024.3 重印)
(卡彭铁尔作品集)
ISBN 978-7-02-016522-3

Ⅰ.①时…　Ⅱ.①阿…　②陈…　Ⅲ.①短篇小说-小
说集-古巴-现代　Ⅳ.①I751.45

中国版本图书馆 CIP 数据核字(2020)第 135803 号

责任编辑　朱卫净　欧雪勤　周　展
封面设计　赵　瑾

出版发行　人民文学出版社
社　　址　北京市朝内大街 166 号
邮政编码　100705

印　　制　上海盛通时代印刷有限公司
经　　销　全国新华书店等

开　　本　889 毫米×1194 毫米　1/32
印　　张　7.125
字　　数　118 千字
版　　次　2021 年 7 月北京第 1 版
印　　次　2024 年 3 月第 2 次印刷

书　　号　978-7-02-016522-3
定　　价　89.00 元

如有印装质量问题,请与本社图书销售中心调换。电话:010－65233595

大师中的大师——卡彭铁尔（代序）

陈众议

拉美"文学爆炸"早已尘埃落定，但有关讨论却一直没有终结，在可以想见的未来也难有定论。自从世纪之交转向更为古老的西班牙文学，我已经很少再就拉美文学发声了。这次是个例外：应了老朋友黄育海先生和心仪的九久读书人之约，得以重拾旧梦，聊慰契阔之情。

说起拉美文学，大家首先想到的也许是加西亚·马尔克斯，殊不知先他进入世界文坛聚光灯下的却另有其人。譬如聂鲁达，又譬如阿斯图里亚斯，再譬如卡彭铁尔，等等。后者便是今天的男主角。至于女主角，则可能是九久读书人中的某一位编辑，她的芳名我就不提了。

一、浪子回头

帕斯的名言是"只有浪子才谈得上回头"。此话贴合几乎所有现当代拉美作家。他们囿于各种原因离开美洲大陆，到古老的欧洲寻宝；但开启宝藏之门的并非《阿里巴巴和四十大盗》中的芝麻秘诀，而是蓦然回首。

阿莱霍·卡彭铁尔（Alejo Carpentier，1904—1980）出生在哈瓦那，父亲是法国建筑师，母亲是俄国钢琴家。由于家庭背景特殊，他从小在法国、奥地利、比利时和俄国上学。以上是作家生前的自述。而今，学界有心人经过好一番探赜索隐，发现事实也许未必如此。虽然卡彭铁尔天资不凡，从小精通多种语言，并在建筑、音乐、文学等领域颇有造诣，但出身并不显赫。据后来的传记，他降生于瑞士的一个极为普通的人家，童年时期随父母移民古巴，定居在一个叫作阿尔基萨的乡下小镇。为贴补家用，他小时候一边上学，一边做小工，譬如早晨给临近的居民送牛奶。[1]青年时期他因参与反独裁活动，一度遭当局通缉，甚至锒铛入狱。

他的文学兴趣迸发于二十世纪二十年代。一九二三年，他

---

[1] https：//www.biografiasyvidas.com/biografia/c/carpentier.htm.

在巴黎与同时身处法国的阿斯图里亚斯不期而遇，并双双加入布勒东的超现实主义阵营，尽管因为寂寂无名，并未被后者列入超现实主义诸公名单。为此，他与阿斯图里亚斯携手创办了第一份西班牙语超现实主义刊物《磁石》，尔后又殊途同归，开创了魔幻现实主义。

至此，花开两朵，我只能因循先人，各表一枝。

先说"寻根运动"。它无疑是对现代主义、先锋派和世界主义的反动，也是拉美文学真正崛起的重要原动力之一。二十世纪二三十年代，针对现代主义和汹涌而至的先锋思潮和世界主义，墨西哥左翼作家在抵抗中首次聚焦于印第安文化，认为它才是美洲文化的根脉和正宗。同时，正本清源也是拉美作家摆脱西方中心主义的不二法门。由是，大批左翼知识分子开始致力于发掘古老文明的丰饶遗产，大量印第安文学开始重见天日。"寻根运动"因兹得名。这场文学文化运动旷日持久，而印第安文学，尤其是印第安神话传说的重新发现催化了拉美文学的肌理，也激活了拉美作家的一部分古老基因。魔幻现实主义等标志性流派随之形成，并逐渐衍生出了以卡彭铁尔、阿斯图里亚斯、鲁尔福、加西亚·马尔克斯等为代表的一代天骄。我国的"寻根文学"直接借鉴了拉美文学，并已然与之产生了具有深远影响的耦合和神交。同时，基于语言及政治经济和历史文化等千丝万缕的联系，西方文学思潮依然对后殖民地国家产生了巨大影响。用卡彭铁尔的话说是"反作用"。它们迫使拉美作家在借鉴和扬弃中确立自己的主体意识或身份自觉。于是，在"寻根运动"、魔幻现实主义和形形色色的作用力和反作用力的催化下，结构现实主义、心理现实主义、社会现实主义等带有鲜明现实主义色彩的文学流派相继衍生，其作品在拉美文坛如雨后春笋般大量涌现，一时间令世人眼花缭乱。人们遂冠之以"文学爆炸"这般响亮的称谓。

再说魔幻现实主义。它发轫于二十世纪三十年代，而始作俑者恰恰是卡彭铁尔和阿斯图里亚斯。卡彭铁尔曾经这样宣称："我觉得为超现实主义效力是徒劳的。我不会给这场运动增添光彩。我产生了反叛情绪。我感到有一种要表现美洲大陆的强烈愿望，尽管还不清楚如何为之。这个任务的艰巨性激励着我。我除了阅读所能得到的一切关于美洲的材料之外没做任何事。我眼前的美洲犹如一团云烟，我渴望了解它，因为我有一种信念：我的作品将以它为题材，将有浓郁的美洲色彩。"① "这是因为美洲神话的源头远未枯竭，而这是由美洲的原始风光、它的构成和本原、恰似浮士德世界中的印第安人和黑人在这块大陆

---

① Carpentier：*Confesiones sencillas de un escritor barroco*，La Habana：Revista Cubana，1964，XXIV，pp.22—25.

上的存在、新大陆给人的启示以及各个人种在这块土地上的大量混杂所决定的。"① 同时，超现实主义对他产生的影响又是毋庸讳言的，并且是至为重要的。它使卡彭铁尔发现了美洲的神奇现实（又曰魔幻现实）。卡彭铁尔说："对我而言，超现实主义有着十分重要的意义。它启发我观察以前从未注意的美洲生活的结构与细节……帮助我发现了神奇现实。"② 同样，阿斯图里亚斯说："超现实主义是一种反作用……它最终使我们回到了自身：美洲的印第安文化。谁叫它是一个耽于潜意识的弗洛伊德主义流派呢？我们的潜意识被深深埋藏在西方文明的阴影之下，因此一旦我们潜入内心的底层，就会发现川流不息的印第安血液。"③

卡彭铁尔与阿斯图里亚斯不谋而合。因为，在反叛和回归中，他们发现了美洲现实的第三范畴：神奇现实或魔幻现实。阿斯图里亚斯说："简言之，魔幻现实是这样的：一个印第安人或混血儿，居住在偏僻的山村，叙述他如何看见一朵彩云或一块巨石变成一个人或一个巨人……所有这些不外乎村人常有的

---

① Carpentier："Prólogo a *El reino de este mundo*"，México：Fondo de Cultura Económica，1949，pp.1—3.

② Carpentier：*Confesiones sencillas de un escritor barroco*，p.32.

③ Alvarez, Luis：*Diálogos con Miguel Angel Asturias*，México：Fondo de Cultura Económica，1974，p.81.

幻觉，谁听了都觉得荒唐可笑、不能相信。但是，一旦生活在他们中间，你就会意识到这些故事的分量。在那里，尤其是在宗教迷信盛行的地方，譬如印第安部落，人们对周围事物的幻觉能逐渐转化为现实。当然那不是看得见摸得着的现实，但它是存在的，是某种信仰的产物……又如，一个女人在取水时掉进深渊，或者一名骑手坠马而亡，或者任何别的事故，都可能染上魔幻色彩，因为对印第安人或混血儿来说，事情就不再是女人掉进深渊了，而是深渊带走了女人，它要把她变成蛇、温泉或者任何一种他们相信的事物；骑手也不会因为多喝了几杯才坠马摔死的，而是某块磕破他脑袋的石头在向他召唤，或者某条置他于死地的河流在向他招手……"①

二、豁然开朗

二十世纪三十年代，卡彭铁尔在长篇小说《埃古-扬巴-奥》（1933）中初试牛刀。小说由三部分组成。第一部分写主人公梅内希尔多的童年时代，展示了黑人文化对主人公的最初影响：刚满三岁，梅内希尔多被爬进厨房的蜥蜴咬了一口。照

---

① Lowrence, G. W.: "Entrevista con Miguel Angel Asturias", *El Nuevo Mundo*, 1970, I, pp.77—78.

料四代人的家庭医生老贝鲁阿赶紧在茅屋里撒一把贝壳，坐在孩子的床头上向着"主神"喃喃祷告。第二部分是主人公的少年时代，写他如何从一个少不更事的"族外人"变成一个笃信伏都教的"族内人"。第三部分叙述他为了部族的利益，不惜以身试法。结果当然不妙：他不但身陷囹圄，受尽折磨，而且最终死于非命。与此同时，黑人无视当局的禁令，化装成妖魔鬼怪，奏响了古老的鲁库米、阿拉拉和贡比亚，跳起了长蛇舞。在《一个巴洛克作家的简单忏悔》中，卡彭铁尔对《埃古-扬巴-奥》的创作思想进行了回顾，他概括说："当时我和我的同辈'发现'了古巴文化的重要根脉：黑人……于是我写了这部小说，它的人物具有相当的真实性。坦白地说，我生长在古巴农村，从小和黑人农民在一起。久而久之，我对他们赖以生存的宗教仪轨产生了浓厚兴趣。我参加过无数次宗教仪式。它们后来成了小说的'素材'……它们使我豁然开朗，因为我发现作品中最深刻、最真实、最具世界意义的，都不是我从书本里学来的，也不是我在以后二十年的潜心研究中得出的。譬如黑人的泛灵论、黑人与自然的神秘关系以及我孩时以惊人的模仿力学会的黑人祭司的种种程式化表演。"①

---

① Carpentier：*Confesiones sencillas de un escritor barroco*，pp.33—34.

然后是《人间王国》，它和阿斯图里亚斯的《玉米人》被并称为魔幻现实主义的定音之作，而且同时发表于一九四九年。它们是美洲集体无意识的艺术呈现。过去人们一提到魔幻现实主义，就会想当然地援引加西亚·马尔克斯的话，即拉丁美洲是一片神奇的土地，他的每一句话都有案可稽。他并且据此否定自己是魔幻现实主义作家。然而，他笔下的神奇并非看得见摸得着的现实，而是"人间王国"中人的内心世界。

　　《人间王国》由四部分组成。第一部分写海地黑人蒂·诺埃尔的内心世界，动因之一是十八世纪末黑人领袖麦克康达尔发动的武装起义。但后者实际上只是蒂·诺埃尔迂回曲折的意识流长河中的一个旋涡，一段插曲。麦克康达尔发动武装起义，向法国殖民当局公开宣战。可是起义遭到了镇压，麦克康达尔本人沦为俘虏并被活活烧死。第二部分写海地黑人的第二次武装起义，由另一位黑人领袖布克芒领导。人们用复仇的钢刀和长矛击败了强大的法国军队，但法国增援部队带着拿破仑的胞妹波利娜·波拿巴和大批警犬在古巴圣地亚哥登陆并很快收复失地。第三部分写布克芒牺牲后，蒂·诺埃尔追随白人主子来到圣多明各。不久，法国大革命的福音终于传到了加勒比海，奴隶制被废除了，白人主子失去了一切。人们踌躇满志，岂知黑人领袖亨利·克里斯托夫大权在握，不可一世，成了独夫民贼。第四部分写亨利·克里斯托夫如何仿效拿破仑，在岛国大兴土木，为自己加冕。最后，在全国人民的一片声讨声中，亨利·克里斯托夫在他的"凡尔赛宫"自戕了。此后，自命不凡的黑白混血儿控制了局面。他们比以往任何政府更懂得怎样盘剥黑人。蒂·诺埃尔在苦难的深渊中愈陷愈深。最后，他终于忍无可忍，抛弃了一贯奉行的明哲保身的处世之道，毅然决然地投身于社会革命。这时，神话被激活了。古老的信仰焕发出新的活力。

此后，卡彭铁尔一发而不可收，在《消失的足迹》中旁逸斜出，选择欧陆人物对印欧两种文化进行扫描。小说写一个厌倦西方文明的欧洲人在南美印第安部落的探险之旅。主人公是位音乐家，与他同行的是他的情妇——一个自命不凡的星相学家和懵懵懂懂的存在主义者。他们从某发达国家出发，途经拉美某国首都，在那里目睹了一场惊心动魄的农民革命，尔后进入原始森林。这是作品前两章的内容。后两章分别以玛雅神话《契伦·巴伦之书》和《波波尔·乌》为题词，借人物独白、对白或潜对白切入主题：一方面，西方社会的超级消费主义正一步步将艺术引向歧途；另一方面，土著文化数千年如一日，依然古老雄浑。印第安人远离当今世界的狂热，满足于自己的茅屋、陶壶、板凳、吊床和乐器，相信万物有灵论，拥有丰富的神话传说和图腾崇拜。小说从"局外人"的角度审视古老的美洲文化，仿佛让读者一步回到了前哥伦布时代。阅读《消失的足迹》，读者必定唏嘘不已。

三、四面出击

二十世纪五十年代中叶以降，卡彭铁尔创作了一系列风格不同的历史性小说，每一部都可圈可点。它们包括中篇小说《追击》、短篇小说集《时间之战》、长篇小说《光明世纪》《巴洛克音乐会》《方法的根源》《春之祭》《竖琴与阴影》，以及非虚构《千柱之城》等。其中，《追击》写一个反英雄叛变革命后被人追击并死于非命的故事。小说采用了"音乐结构"，暗合《英雄交响曲》的四个乐章，其中既有呈示部、展开部、奏鸣曲、回旋曲、变奏曲等，也有 E 大调、C 大调、C 小调、降 E 大调快板、慢板、大慢板（哀乐）到急板等乐章的依次转换，是拉美结构现实主义小说的经典之作。

《时间之战》是一部短篇小说集，由主题和形式各不相同的篇什组成，其中既有令人拍案叫绝的倒读体（而非传统意义上的倒叙），也有意识流小说和相当先锋的叙事方法，集结了他不同时期的技巧探索。

《光明世纪》被不少人认为是卡彭铁尔的后期代表作，写法国大革命期间发生在加勒比地区的一段晦暗历史。小说的主人公是一名法国商人，叫维克托·于格。他和无数冒险家一样，到新大陆淘金，结果碰巧遭遇海地革命。他的生意惨遭毁灭性打击。他走投无路，逃回法国。适逢雅各宾派春风得意，他摇身一变，混迹其中，参与了断头台行动。经过这番镀金，他也便自然而然地戴着光环"荣归"美洲。卡彭铁尔凭借对古巴和海地历史的精深了解，既细节毕露，又气势磅礴地展示了一个个令人心颤的历史场景。人物也一个个活灵活现、光彩夺目，彰显了作者巴洛克建筑师般的才艺，故而有"新巴洛克主义巨制"之美称。

《千柱之城》从不同形态的廊柱切入，以"纪实"的笔法书写哈瓦那城的缤纷多姿，是一部献给古城的礼赞，充分显示了卡彭铁尔的建筑学知识及其对造型艺术的审美情趣。它像一座用机巧、形状和结构缔造的巴洛克艺术馆，巍峨矗立于拉美文坛。

《巴洛克音乐会》围绕作曲家安东尼奥·卢奇奥·维瓦尔第的《蒙特祖玛》创作而成，演绎了新大陆被发现和征服的过程。原住民高贵好客；而侵略者如狼似虎、恩将仇报。这是一曲两个大陆、两种文明碰撞所发出的历史最强音，也是有史以来最具史学价值的美洲小说之一。

《方法的根源》则从遥远的历史回到了现实。作为拉美文坛最重要的反独裁小说之一，小说将时间定格在一九一三年至一九二七年，也就是作家的青少年时代。小说楔子部分采用了第一人称，由独裁者、主人公首席执政官叙述他在巴黎的生活、外交以及其他"重要活动"。不久，由于国内发生了武装叛乱，首席执政官被迫离开法国、折回美洲，作者便改用第三人称叙述独裁者如何打着寻求国泰民安的幌子，按照其"竞争的法则"（弱肉强食）、"方法的根源"（绝对权力），不择手段地镇压异己。小说被誉为拉美社会现实主义杰作。

《春之祭》以俄国音乐家斯特拉文斯基的同名作品为题，开篇描写十月革命后俄国流亡者的故事。但这仅仅是一个序曲，作品很快聚焦于古巴独裁者马查多专制时期古巴流亡者的事迹。于是，俄国流亡者和古巴流亡者在巴黎相逢，并且联袂组团演出。而这也仅仅是个开始，因为有关人物不仅参与了西班牙内战，并且由此开始了"万里长征"：潜回古巴参加革命。作品时空跨度大，人物心理描写更是出神入化。这正是卡彭铁尔晚年"溯源之旅"的必由之路。

最后，《竖琴与阴影》又回到了哥伦布：新大陆"一切故事"的开端。小说以典型的现代巴洛克语言将一个平庸的哥伦布、一个黯淡的历史影子，一点点勾描、一笔笔夸大，直至被历史和命运塑造成伟大的冒险家和发现者，以至于罗马教皇皮奥九世在其封圣问题上煞费苦心。其中的机巧和讥嘲充分展示了作者卓尔不群的语言造诣，故而该作被公认为是拉美文坛不可多得的语言宝库和心理现实主义典范。

总之，卡彭铁尔的每一部作品都是错彩镂金、精雕细刻的艺术珍品，开卷有益绝非套话。他因之于一九七七年摘得西班牙语文坛最高奖项——塞万提斯奖，成为第一位获得这一桂冠的拉美作家，同时多次成为诺贝尔文学奖短名单人选。倘使你有幸阅读他的作品，那么一切人设、荣誉皆可忽略不计，我的推介也纯属多余。

二〇二一年于北京国子监边

目录

其他故事

先锋派

学　生

一

（我桌上有一幅萨维特里①的画：学生）

露珠和云朵擦亮了天空，一个学生小心地穿过斑马线，来到神舍医院②。三级台阶，一道走廊，一尊首次实施白内障手术的医生的雕像。"他无疑是个做工程师的料。"学生在脑中估算了对"尼亚加拉瀑布③"进行局部麻醉所需的可卡因计量之后，这样想着。

一个直挺挺的白色身体出现了，打断了他的思绪。这身体躺在安静的推车上，从一扇门后冒了出来。实习生推着车子，就像道路信号员推着栅栏。学生悄悄行了一个军礼。在走廊尽

① 萨维特里可能指埃米尔·萨维特里（1903—1967），画家，摄影家。
② Hotel-Dieu，巴黎最古老的医院。
③ 原文 catarata 在西班牙语里有"瀑布"和"白内障"两重意思，此处是谐音。

头又出现了一个同样的身体，紧接着又出现了好多个。所有人都在穿白大褂和帆布鞋的"领航员"的带领下，在安静的大楼水泥地上移动着。推车一次次寂静而又神秘地穿梭，学生靠在一幅性病手术的宣传画上，生怕被它们撞倒。

过了一会儿，他看到一队穿白大褂的人从一间屋子里走出来，他们跟随着一位面色红润的老人，这老头紧绷绷的双手刚刚动过人的内脏，脸上的表情像个打了胜仗的将军。他的弟子们交谈着，那口气如同在谈论下午的全垒打，或是足球比赛的制胜球一样。（这球想必是"天神"萨莫拉^①踢进去的，学生心想。）这个残忍的老头，不是又把肾脏放进了人的身体，就是用高锰酸盐制造了烟火，或者魔术般迅速地将肠管焊接在一起。当病人被十根冰冷的长针^②按倒在金属桌面上的时候，他能够感觉到胶皮手套正在穿过自己的五脏六腑，才过了二十二秒，肚皮就被缝上了。医生摆出俯在桌前的裁缝们最喜欢的姿势，任由手术线在肉团里来回穿梭，拇指和食指间的手术针闪着光，就像电灯泡的灯光。

"我到了一个多可怕的地方啊！"学生想着。

---

① 这里指里卡尔多·萨莫拉，当时著名的西班牙足球运动员，外号"天神"。
② 这里指医生的手指。

他企图逃跑。他看到一扇宽阔的门，门上刻着空心字写成的"Trousseau"（婴儿用品）。这个词还有一个挺温暖的含义——新娘的嫁妆。学生穿过一段黑暗的走廊，希望能碰到丝绸般温柔的玛丽娜①们，她们总让人想起那些举止优雅的少女青春的肉体，就如同包在纸里的昂贵鱼条。

突然，学生发现自己来到了一间圆形剧场，那里面挤满穿着白大褂、悄无声息的观众，所有人都在期待着大事发生。在剧场中间有一个白色的器械，样子像个新式的砝码，上面放着四个薄钢板做成的立方体，闪闪发光。"哎——"学生心想，"这是一场拳击比赛呢。"他不禁摸了摸口袋，打算找点硬币下赌注。

突然，一队古希腊悲剧演员闯进这个拳击场。干净的长袍，肥胖的体形，白色的面具遮住了脸庞，只剩下闪着凶光的双眼。学生正准备聆听合唱队唱出第一句诗，可就在这时，被缚的普罗米修斯被抬了上来，所有人都拭目以待。两位厄里倪厄斯②将一个咖啡壶一样的东西放到了他的鼻子上，合唱队就在埃斯奎林山③英雄身旁忙乱起来了。可这是鬼魂的合唱，歌声是寂静和神秘。只能时不时地听到小刀落到玻璃板上发出的叮铃声。

---

① 因纽特神话中的太阳女神。
② 古希腊神话中的复仇女神，共有三人，也称"复仇三女神"。
③ 古罗马七山之一。

学生无望地试图回忆，眼前这幅奇怪的场景到底出自哪一出古典戏剧。他不久就得出结论，这群白色的幽灵是在表演《菲洛克忒忒斯》[1]一剧从未写过的结尾。为了用回春的妙手将武士唤醒，他们在他的腹部刻上一道长长的伤口，这伤口成了整出戏剧的主题。演员们把贪婪的双手伸向肚皮，把海绵塞进内脏，屠宰工般纯熟地挥着刀，像音叉校音一样地调准神经，用镊子般的指甲夹住魂魄……学生被这群怪人的血腥残忍弄得意乱神迷，他离开了座位，朝这安静可怕的群体走了过去。

学生夹在人堆里，向着一道红色沟壑俯下身去。这沟壑正在被填平，就如同游泳池里的水被管子倒抽了上来。他看到，这些哑剧演员不是在缝肉，而是在缝一张灰色的、油乎乎的皮。（真可怕！他们竟在割美人鱼的肉！）学生异样的眼光顺着这具奇怪的人体向上游移，直到碰上了一只巨大的鳕鱼头，就在充满了氯仿的咖啡壶[2]下面，瞪着圆溜溜的、像玻璃一样的大眼。

悲剧演员们从病人身边散去，将自己的面具和手套扔到地上。一位厄里倪厄斯把手术台推了出去。学生尾随着这架金属的推车来到一间凄凉的空屋，病人被抛在这里。屋子的一角有

---

① 古希腊神话中的人物，索福克洛斯以他的故事创作了同名戏剧。直到该剧的结尾，重伤的主人公仍未被治愈。

② 氯仿是麻醉剂，此处和上文出现的咖啡壶均指麻醉器。

一个男人在等待，他身穿黄色帆布衣，脚下是渔夫穿的高筒靴子，头上戴着皮帽子。他站了起来，掀掉盖在麻醉中的鳕鱼身上的床单，用一根绳子穿过鱼鳃，把他扛到了自己的肩膀上。

学生跟着这位奇怪的访客一直来到神舍医院的大门口，和他一起走进地铁的第一个站台。在那里，香烟、面汤、漂白粉和油漆广告贴画中的人们，正像老熟人一样朝他们打招呼。在穿过几条散发着臭氧气味的隧道之后，学生与身背鳕鱼的奇怪访客一起，又见到了阳光。他们正处在共产主义者聚集的贝尔维勒区。奇怪的渔夫跳了一大步，又开始欣赏起悬挂在灰色旧楼屋檐上的乳液广告来。

学生被一上午的强烈情感搞得很疲惫，他走进一家殡仪馆，问他们要了点吃的。

二

四点钟，学生在玛德莲大教堂的后面，与马塞尔·普鲁斯特的阿尔贝蒂娜[①]进行了一场约会。

（原文到此结束）

[①]　法国作家马塞尔·普鲁斯特的小说《追忆似水年华》中的人物。

电梯奇迹

《圣徒故事》的另一则附录

五十六……五十七……五十八……扁平而干净的数字一个接着一个——五十九……在楼层的水平边界。六十……六十一……每上一层楼，弗莱因·多米尼克疲倦的目光就会移到那些一模一样的走廊上。那里装饰着一行行安静的红门，只有在这个时间，拿工资的幽灵们才喧闹起来。他们用清漆擦亮铜钱，带着嗡嗡作响的膀胱在地毯上走动。六十二……六十三……灭火器红色的喷头再次出现在同一面墙上，一个黑人门卫正在擦拭指示牌。他好似那些成批出产的黑人中的一员，脸上绽放着遮不住的笑容，在为牙膏做广告……六十四……六十五……电梯如体操运动员般柔韧地停住，油亮的栏杆折叠起来。上百的电铃正在召唤着这个柔软地蜷缩在大楼里面的铁笼子。弗莱因·多米尼克仅来得及对着它说上一句"明天见，强尼"。

弗莱因·多米尼克推开一扇门，闻着焚香味和满是尘土的木头味，满意地抽了抽鼻子。他把侍者专用的四角帽扔到行军床上，脱掉了装饰着一百二十个镍制扣子的制服，从衣橱里取出一件毛巾质地的破旧长袍——这其实是一件浴衣，因为哔叽料子已经好长时间不生产了——用一根白绳子系住腰部。一部版本古老的《圣徒言行录》放在用作诵诗架的老式计算器上。房间的一面墙上挂着德国制的十字架。弗莱因·多米尼克在一张小凳子上双膝跪倒，随即点燃两支香——那是当时商店里销售的蚊香。

深夜降临了，他虔诚地祈祷。双手合十，嘴巴干涸。突然间他站起来，打开一扇挂满圣徒画像的门，来到楼顶的一个宽广的平台上……自从祈祷和赞美上帝的神圣举动被宣布为不必要的、滥好人无所事事的行为，而右倾保守、向旧制度极尽献媚的政府解散了僧侣们在这个大陆上最后的组织，又宣布酿酒的加尔都西会①的隐修士们还俗之后，弗莱因·多米尼克就在这座摩天大楼的顶层找到了灵魂上相对的平静。因为必须有合法的谋生手段，他也不知为何，就干起了电梯管理员的行当。这个圣徒老老实实地履行着他的职责，却没有因为白天的工作

---

① 天主教隐修院修会之一，创建于1084年的法国加尔都西山，并因此得名。加尔都西会的修士们首先在当地种植了酿酒葡萄。

而放弃苦修。这是一个信仰崩坏的世纪，也许，弗莱因·多米尼克是唯一还在坚持着沙漠教父①的神圣传统的地球居民。每天晚上，在结束了电梯里十二个小时上上下下的工作之后，在这座由办公室构成的蜂巢里，他就像古时候的高柱修士②，或者圣巴克米奥③那样献身苦修。这座高达六十多层的"高地"，严格意义上讲，可以与安东尼④在尼罗河沿岸居住的那一座媲美。尽管脚下是一座骚动的城市，但他还是可以深深沉浸在幸福极乐的浓香里……弗莱因·多米尼克总是一副温文尔雅的模样，很讨女打字员们的喜欢。她们常在半夜闯进他的电梯，向他展示自己的吊袜带和粉嫩的大腿，但无论什么都不能扰乱他的心志。他一次又一次地拒绝加薪，让大楼的主人——卖香肠的犹太老板心花怒放。

但是，弗莱因·多米尼克已经有好一阵子不觉得幸福了。那位鱼鳞避孕套大王建起了另一座摩天大楼，比他所在的这座高了将近二百米。以前，当夜色降临的时候，平台上的弗莱因·多米尼克是孤身一人，与他相伴的只有迦勒底天文学家

---

① 公元三、四世纪的一批早期教徒，他们甘愿抛弃荣华富贵，来到沙漠过苦修生活。
② 公元四世纪的一批苦修士，因其代表圣西蒙曾经在一根高柱上苦修三十七年而得名。
③ 公元四世纪著名的埃及隐修士。
④ 沙漠教父的代表人物，在埃及苦修。

熟悉的群星和月亮。没有什么东西能让他想到这个时代的罪恶。但是有一天，在他旁边开始耸立一座钢铁的骨架，人们穿着工装，在平坦的大梁上信马由缰地开疆拓土。电锤声音轰响，砖石填进骨架的内部，破坏了瓦尔基里女神们不寻常的骑行。后来，一个工人从屋檐上摔下来，然后是一支旗杆，一瓶香槟……再往后，弗莱因·多米尼克便不能享受以前的安静了。在这个新的庞然大物上升起了亮闪闪的图案，向他展示着当代人的礼崩乐坏，打破了他的静思冥想。如今，每当黄昏降临，电灯泡们就狂欢地闪了起来。美国的"棕榄"①女郎在一张打着脚光的巨大海报上撒旦一般微笑着。每隔十秒钟，八个电动女孩就抬起一次玉腿，为"午夜狂欢派对"做宣传。一家名牌白兰地的长方形广告牌上，有只狗熊一刻不停地走来走去。一个小丑在玩金色的棒花牌。在所有这些讨厌的形象中，还有一匹威士忌商标上的狡猾白马，摇着尾巴，眼睛里闪着一红一绿的颜色，那嘲讽的神情让可怜的多米尼克痛苦万分。

　　隐士在最后的栖身之所得到的平静，就这样被打破了。多米尼克曾自问，在这个被水泥武装的世界中，上帝能否赐予他足够的勇气保持清白。他的夜间领地被一圈护栏围绕着，当他

---

　　① 指美国洗护品牌 Palmolive。

沿着栏杆俯下身去，面对成片不可思议的屋顶和灯火辉煌的平台，总会感到脆弱……他的脚下是一座城市，宛如肚里生虫的小牛，带着魔鬼般的狂热。通向天边的笔直街道，紧闭的窗上的薄纱帘，露着大腿的蜡人模特，切开的水果，深红色的香烟，酒吧里打碎的冰块，在僻静的街上对路人生拉硬拽的胳膊，浓妆艳抹的男人，萨克斯和留声机，早晨喝牛奶的狗，电影温柔的光，肉铺纸包里昂贵的肉条，牡蛎和长筒袜，芥末和首饰，耳垂和轮船——对于弗莱因·多米尼克来说，所有这些都是恐怖的东西。

支离破碎的景象在脑海中盘桓。为了摆脱那些追逐自己的图案，多米尼克退回到平台中央，闭上双眼卧倒在地。当圣徒喃喃低语向主祷告的时候，广告上的小白马正幸灾乐祸地跺着脚，城市的交响乐队正用巨大的铜烟斗吹奏出一串切分音符。

一天晚上，弗莱因·多米尼克力求通过祷告来得到精神上的安宁，却徒劳无功。这是十月革命六十年纪念日。城市里到处都是红色灯泡，一万名资本家开着汽车，唱着《国际歌》跑遍了全城。多米尼克抓着用作念珠的小弹丸，把它们从一个小盒子倒进另一个小盒子，但无论如何都无法将思想集中到上帝身上。他发现自己有时候机械地吐出一串神圣的词汇，心里却另有所想。他怒火中烧，将所有的弹丸都从右边的盒子里倒出来，再一次开始自己毫无效率的祷告。当努力失败的时候，多米尼克发现，那匹小白马看他的神情更加讽刺了，而那八个女孩，那个"棕榄"广告上的美国美人，那只狗熊，还有那个小丑，也都突然幸灾乐祸起来。毫无疑问，这些现代魔鬼正在联手破坏他非比寻常的苦修……多米尼克抬高了祈祷的嗓门，想用自己的声音盖住弥漫在城市中的喧嚣。下面的人在唱歌，上面的聚光灯把镰刀和锤子投向天空沉重的红云。天气炎热，远方暴雨将至。多米尼克真希望仁慈的上帝降下七天七夜的洪水，将脚下这座罪孽的城市彻底淹没，哪怕他自己葬身其中也无所谓。

脚下的人们在唱歌……视线齐平的地方，邪恶的灯泡在舞蹈。多米尼克怒吼着祷文，却依然控制不了响彻耳边的逆流……突然，他看到了一幅惊奇美丽的景象。圣巴勃罗的凉鞋在楼下晃动，杀害神灵破坏分子的绞刑架搓着满是汗水的双手。他睁开眼睛，举起双臂，向着整座城市和它的电子魔鬼们发出满满的诅咒。"棕榈"广告里的美国美人成了他的示巴女王[1]，他宣布，她的双臂是污浊的，她的肚子是邪恶的，她的性别是腐化的。他恶狠狠地控诉那八个女孩，那个小丑，还有狗熊和白

---

[1] 《圣经》里记载的阿拉伯女王。

马。他的吼叫就像螺旋桨的臂膀一样，冲破了沉重的空气。他的嗓音颤抖，义愤填膺，那回声甚至传到了广播电台，使得当夜麦克风前传出的所有数字都变得含混不清。

然后，一件不可思议的事情发生了。那些魔鬼纵身一跃，跳出了广告牌。一众闪亮的身影毕恭毕敬地围绕在多米尼克周围。美国的"棕榄"女郎躺在他身前，用绿色的羽毛扇遮住脸庞。八个女孩匍匐在地，对着他的毛巾袍子苦苦哀求。小丑金盆洗手，一张一张撕碎了他的纸牌。狗熊哭了。白马像狗一样趴在圣徒右侧，舔着他的一只耳朵，红色和绿色的泪珠从圆溜溜的眼睛里滚滚而下……奇迹当前，多米尼克放缓声音，对这些奇怪的生物发表长篇大论。他向他们灌输了上帝的心愿和耶稣的苦难，向他们宣扬智慧，并教育他们要反抗滥用他们的形象做坏事的广告公司。他抬眼望着天上浓重的云朵，滔滔不绝地倾诉着。他觉得自己很伟大，现在他知道了，上帝交给自己的乃是多么神圣的任务。

突然间，他低下头，浑身发冷。他只是一个人，孤孤单单的一个人，站在这个空旷闪亮的平台上。那些魔鬼从一栋摩天大楼跳到另一栋摩天大楼，最后重新回到了长方形的广告牌里，并且前所未有地挑衅着他……弗莱因·多米尼克霎时间明白了，他刚才是被敌人引诱了，他因为骄傲，陷入了可怕的罪孽之中。

可怜的人儿脱掉了长袍，在用作腰带的绳子上打了好几个结，愤怒地猛抽自己的背部。直到云彩碎成了冰冷的线头，一股湿砖头的味道钻进了大街小巷……黎明降临了，他毫无动静地躺在房顶，胸部赤裸，毛巾长袍上血迹斑斑。一声幽怨的汽笛，宛如倒地的拳击手鼻下的嗅盐瓶，让他恢复了意识。

从那一夜开始，弗莱因·多米尼克就投入到非同一般的苦修中去了。他用鞭子抽打自己，把每天的食物减到半只热狗，并且前所未有地谦卑起来。他把自己的薪水分给打字员们，让她们每个周末都能在过山车上玩个够。而强尼——他的教友兼电梯间的同事——兴高采烈地听到他说出"你今晚消遣去吧，我替你顶班"这样的话来，也不是一次两次的了。

就在此时，报纸上开始刊登消息，为革命后形成的强大利益集团敲响警钟。据说好多国家的无产阶级都在准备进行新的斗争。暴乱组织已经袭击了几位高官的汽车，他们一边喊着"新资产阶级去死吧！"一边扎破车胎。形势极端紧张，伦敦的通灵术士们火急火燎地向萧伯纳的魂灵请教，却讨来了一句不合时宜的回话，反倒加剧了大众的恐慌。斯宾格勒的儿子认为新一轮的动荡已经来临……很快，第一波混乱就打破了帝国主义城市中的平静。局部的罢工开始了，后来又发展成总罢工。自从荷兰冒险家和诺曼底妓女们在遥远的年代创建这座城市以来，这是它经历的最艰苦的时刻。

弗莱因·多米尼克接到工会的通知，要求他像其他服务生一样，立刻离开电梯。但圣徒从来都没想过参加罢工。他的苦修正值高峰，他必须忍辱负重地工作，拒绝反抗剥削者，并退出所有改造世界的活动。罢工逼着他抵抗强权，而多米尼克只渴望用鞭笞和恭敬去恢复在被引诱的那个晚上失去的神圣安宁。

犹太香肠老板将多米尼克叫去，想问问他的态度。当得知他决定继续为资本家服务的时候，犹太人双手拍了拍他的肩膀，还送他一支雪茄烟，套着雪茄的红色纸环上印着一根火腿和两个花环的图案。不久之后，多米尼克就在楼下大厅里发现了一张手写的告示："B号电梯（北门）在罢工期间还在继续工作。"

弗莱因·多米尼克收到过好几回来自服务生工作间的愤怒警告。同事们威胁他，要是再这样荒唐地坚持下去，就用石头砸死他。圣徒一边抬眼望天，一边将警告信撕成碎片。他抵制罢工的消息很快就传遍了城市的贫民区。一个打字员那里有他的柯达照片，人们把这张照片印在控诉他可耻行为的大字报上，一共印了两百万张。他被视为叛徒、反动贵族和鸡奸者。他成了一个标志。人们还记起他作为隐修士的往昔，并指控他贩卖圣水瓶——宗教走私者们至今仍在秘密销售这种圣水。

多米尼克带着发自内心的快乐忍受了这些谩骂。他感到自己渐渐恢复了一点以前驱魔时所具有的平静。他相信自己正在接受神圣的祝福，这会使殉难前夕的圣徒更加坚强。

一天早晨，电梯正在四十二和六十二层楼之间漫无目的地上下，弗莱因·多米尼克听到走廊里响起了震耳欲聋的叫嚷声。这难以抑制的、像钢铁一样尖厉的声音来自那些穿着工作服在半空中安装房梁的人。圣徒停下电梯，仔细地听着，但还是不明白发生了什么。突然，卖香肠的老板脸色铁青地从过道里冲了出来，抓住多米尼克的领带，对他大喊道：

"是他们！他们是来找你的！下楼去！去和他们谈谈！否则他们就要烧毁大楼！"

弗莱因·多米尼克没有犹豫。他关上电梯的栅栏，用大拇指按下"down"这个按钮。当铁笼子沿着上了油的滑轨下降时，耳边的诅咒声更大了。他能感受到脚下人群的狂热，当工人和大学生们在奥涅格杯足球赛上对垒时，城里的体育场里也是这般狂热……二十……十四……十……现在，他能在混乱的喧嚣声中，不时听见有人喊自己的名字……八……六……四……电梯下降得多么慢呀！三……二……随着电梯出现在人们的视线中，"啊——！"一声怒吼震碎了摩天大楼里的玻璃门。一楼大厅里满是黑乎乎的人头，反衬着巨大的向阳窗户上白色的遮光板，背光望去看不清他们的面孔。在躁动的人群中，有人挥舞着红旗，还有人举着写有"叛徒"字样的多米尼克画像。所有人的手里都拿着红布和鹅卵石。

弗莱因·多米尼克停下电梯，拉开铁门，双手合十伫立在抗议者面前。石子乱飞。一些石头碰到电梯的栅栏，干响着落到地上，又被重新捡起来向他扔过去。多米尼克跌倒在地，石子继续落在他的身上，发出柔软的声音。在楼梯上面，卖香肠的犹太老板看到，在他倒地之后，石头依然弹雨般砸裂了大厅里的灰泥粉饰。

正在这时，奇迹发生了。在电梯周围升起一道纯洁无比的亮光，被砸毁的电梯在一股不知名的力量驱动下，在袭击者石化了的臂膀前缓缓上升。电梯离开了大厅，人群怀着难以言喻的惊惧向大楼出口退去。电梯还在上升，上升，越来越亮，越来越轻……四十……四十一……五十五……五十六……六十……多米尼克不再感到痛苦了，一种懒洋洋的感觉侵蚀了他的四肢。上千盏弧光灯在他的眼前旋转。男中音的萨克斯乐队唱着古老的"哈利路亚"，砸在他身上的鹅卵石变成了最新款式的香水瓶……六十四……六十五……当到达大厦顶端的时候，房顶静静地打开了，四个长着长长的翅膀、穿着丝质衬衣和奶油色法兰绒裤子的天使抬着电梯，宏伟庄严地向着澄澈无云的天空飞去。

圣徒们中断了进行到十一洞和十二洞之间的高尔夫球比赛，怀着兄弟般的友爱迎接被赐福的多米尼克。他们为他带上光环，把他吸收进俱乐部，然后就教他打起高尔夫球来。

下面是当时《晚报》的一则报道：

> 著名商业大亨伊斯朗·约翰逊近日对电梯生产商雅各布·威尔森提起诉讼。安装在约翰逊大厦的一部该品牌的电梯，因为机械故障引发了一起不明原因的事故，撞破了楼顶并毁掉一套价格不菲的广播装置，使该楼蒙受重大损失。

> 雅各布·威尔森打输了官司。但因为伊斯朗·约翰逊是犹太人，对手下的打字员非常专横，所以没有人对这场胜利感到满意。

月亮的故事

一

　　十二点二十八分，火车拖着一长串黄色的车厢，准时停靠在村里的站台上。就在此时，两辆旧福特汽车的喇叭尖厉地响起来。三圣王咖啡馆的风扇开始转动。乞丐、卖油炸食品或祈祷文的小贩涌上站台……这列快车经常带来旅客。穿着白色卡其布的政客、乡村警长、驯兽员，还有临近城市音乐学院里出来远足的学生——他们胸前挂着红色的天鹅绒绶带，上面用金色的斜体字绣着"音乐万岁"。五分钟的停车时间带来了无穷的热闹。每个闷热的午后——当秃鹰投下影子，白蛾、牛虻和马蝇纷纷飞起，温暖的雨意大概因为那边的岩石引来了雷电飘然而至的时候——这五分钟的热闹就重复一次。全然陌生的女人的脸，领带，留声机，赤裸的胳膊，零钱。卧铺车里的黑人正往桌上摆着蛋饼。每个周二，开邮车的驼背就为他养的乌龟买一棵生菜。列车一到，村里的白人们就化身为失业的父亲、盲人，或流动商贩，而黑人们只是过来看热闹。但是，当火车头消失在隧道尽头的时候，风扇就停止了，福特车开回茅草搭成的车库里，男人们重新躺到小屋的阴凉下，等着去河边洗衣的女人们回家。

只有阿迪拉诺诅咒这趟快车。早晨的时光非常不错。劳累，但习以为常，甚至不觉得害怕。每挠一下胸膛或肚子，他就将鞋蜡倒一次手。他为来定居的美国佬擦长靴，为村长擦厚底靴；擦完火车站长的鞋，就轮到拉达梅斯先生的漆皮齐踝靴。这法国佬是个退隐江湖的皮条客，准备办好入籍手续就回哈瓦那。中国人和西班牙人从来都不来擦鞋。前者总是穿人字拖，后者穿帆布凉鞋……火车经常为他带来顾客，但每当进站之时，那棵树就开始生长，至少是那棵因为咒语而生长的树。阿迪拉诺的身上覆满泥土，油腻的、满是汗渍的红色泥土，就像甘蔗地里的泥土一样。突然，他感到脑子里的种子发了芽，温暖的根部慢慢变硬，在两肋间拧动。一条绿色的小蛇沿着脊椎伸展，像鞭子一样抽打着大腿间，发出噼啪的干响。这棵树越长越大，长得比阿迪拉诺这个人还要重，大树带着他一起舒展，树根紧紧扎进又黏又热的土地。巫师站在茅屋的门槛上对他喊："这棵树将会指引你！"他还要等到黑夜降临才能上路……自从中了魔咒起，阿迪拉诺就努力隐藏着自己的危机。他对顾客的皮鞋表现出前所未有的专注。他是村里唯一的"那位"擦鞋匠，他必须捍卫"那"这个单数定冠词赋予自己的特权。人们说"那位"擦鞋匠，就好像说起"那位"村长，或"那位"拉达梅斯先生一样。但是，每当列车驶来的时候，阿迪拉诺的意志立刻像玻璃一样碎成一片。他仰面躺倒在三圣王咖啡馆廊柱的阴影下，任由体内那棵树继续生长，直到拉得比廊柱还长的树荫躲进屋里，才痛苦地站起身来。他一开始步履沉沉，后来却越走越轻快，穿过户门紧闭的街道，穿过教堂所在的街道，穿过中国人居住的街道和有绿色百货店的街道，再穿过延伸到水边的那条街。他在荆棘密布的树丛中行走，寻找水罐。他脱掉上衣、裤子和帆布凉鞋，在躯体上涂满油脂，然后夹紧大腿，焦急地等待，直到蟋蟀的叫声替代了洗衣姑娘们的歌声。第一群蝙蝠在树丛中飞起，如同卵石之雨。于是他走出藏身处，全身赤裸发亮，双手握住阴茎，在几内亚草丛中奔跑起来。

二

现在，十二点二十八分，车站上只有孩子们。那个讨厌的小独眼龙，他在给一只斗鸡拔肚子上的毛的时候被啄出了一只眼珠；小芭芭拉，就是身上味道很重的那个；小胖墩迪迪，还有那个剃了短发的瓜利娜——她为了证明自己是个女孩，朝旅客们掀起了裙子。三圣王咖啡馆的风扇没有等到火车进站，就随着人群的聚集转得越来越快。人们热火朝天地讨论着那件异乎寻常的大事——无影鬼又在村子里现身了。因为妓女们的过错，大家直到第七天了才知道。这些妓女在晚上小心地关上窗，偷偷传递着消息。啊！被无影鬼强奸可以带来幸运。无影鬼是影子生物，是埃来瓜神①孤独的灵魂，是一只长着人脸、喜欢强奸的山羊。他的指骨会伴随着每一声欢爱的尖叫，从油乎乎的背部滑下来。据说他被诅咒的精子可以治疗不育症、双腿浮肿症和风湿痛，比黑母鸡血做成的药膏还管用。真讨厌！要不是小苞拉这个傻瓜因为无影鬼在半途中抢走了她藏在贴身内衣里的硬面包而大喊大叫的话，人们还能像往日一样气定神闲，还会在赤裸的胳膊、留声机和卧铺车的蛋饼前面说瞎话呢！现在，他们只得打发小孩子去车站乞讨，并给邮车司机的乌龟带去生菜。而三圣王咖啡馆的风扇周围则摆上了长枪和左轮手枪。什么类型的都有：双管枪、连发枪或者小子弹枪。柯尔特45型手枪②，甚至还有一支毛瑟枪，就是一扣扳机就会震到肩膀的那

---

① 尼日利亚神话中的道路之神。
② 1900年初由柯尔特公司生产的半自动型手枪，应用广泛。

种。夜幕降临，无影鬼只能爬到树上，缩到井沿后面或是藏到村里乐队用来放置铜管乐器的仓库里。乐队经理的女儿拥有更多的中国血统，而不是穆拉托①血统，这可能会吸引无影鬼，因为带有中国血统的黑人是最性感的。如果他现身的话……"我在四十米开外，能打穿放在马耳朵中间的一张扑克牌……""我用一颗小子弹就能打死一只蜂鸟……""我能干净利落地打断美洲鸳的脖子，地上的蚂蚁把鸟头抬走的时候，鸟身子还在天上飞呢……"

阿迪拉诺躺在廊柱越来越长的阴影下，竖起被头发遮住的双耳，倾听男人们的谈话。每个字都清晰地传到头骨下某处地方震荡着的耳蜗、砧骨和锤骨上。但是，从那里到大脑还有一段长长的路程。树根开始进攻了，大树又生长起来。也许人们看不见这棵树，但是阿迪拉诺可以感到，它布满了整个村庄，撼动着墙壁。正午时分的树荫下，从黑女人的衣服里萌发出爱情的香味。有马在嘶鸣，有动物在草地上嬉戏，而此处，大树在痛苦的颤动中生长。树根扎得越来越紧，阿迪拉诺只能挣扎着等待夜色降临。如果枪打中目标了呢？那就更坏了！当巫师下咒的时候，被诅咒的人是得不到解药的。一朝化身无影鬼，

---

① 黑人和白人的混血儿。

自始至终都是无影鬼。当还魂的圣徒从村子经过时，用不着去叫醒他。理发师赫苏斯有几天被圣芭芭拉附了体，大家没用那些愚蠢的问题打扰他，只是把他的食物放在大树下，这就足够了。但是那些半人半马、半人半羊，以及会走路的树，活该被剜心剖腹。特别是当他们强奸妇女，而女人们又乐在其中的时候。无影鬼就像蛇一样。如果我们在路上碰到他们，又没把他们杀死，他们就会变得老态龙钟，还会去跳海。他们满脸皱纹，驼着背，白发苍苍。因为怕盐，他们会诅咒使他们陷入这样悲惨命运的人……所有与月亮的影响有关的东西都不得善终。

三

　　那一晚，尽管设了警戒，无影鬼还是回村了。他在十一点钟强奸了乐队的教母——那个有中国血统的穆拉托姑娘；深夜两点强奸了理发师赫苏斯的情人；五点钟鸡叫的时候，跳上了小苞拉的床，这一次，姑娘又被抢了面包却没出声。无影鬼浑身涂满了脏兮兮的油脂。因为强奸留下的黑色污渍很难洗掉，女人们随即坦白了一切。现在此事众人皆知，这几个姑娘也无需担心被看作妓女，因为后者迄今没透露过一个字。有人在雾里开了枪，但只打死了牧师家的黑猪。在任何无影鬼可能出没的地方，都仅仅发现了草丛中逃亡的螃蟹，或者把母鸡吓得从树上掉下来的大蛇。

八点钟，三圣王咖啡馆里挤满了人。因为天气还凉，没有人开风扇。阿迪拉诺已经坐在擦鞋椅上，旁若无人地环顾着广场。男人们把手臂放在吧台上，他们决定采取唯一可行的手段。有一个办法可以辨别无影鬼的身份……他们借给小独眼龙一匹马，那孩子坐在明显偏大的马鞍上，向着山里的小路一路跑去。这天是星期天，教堂的钟声一响，男人们就去了教堂，女人们已经开始在那里祷告。风琴奏出国歌，神父走进来，后面跟着一个黑人司事。拉达梅斯先生坐在第一排村长和火车站长中间的那个位置。教堂的橱窗里，几个圣克利斯朵夫，几个圣母，还有几个孩童耶稣，戴着真头发做成的假发微笑着。祭坛上放着一尊土质的基督，浑身是血，用紧绷的指头按着一处半开半合的伤口，从中可以看到鲜红的心脏。布道的时间到了：

"我的兄弟们……"巴洛克风格的讲道坛下，神父开始发言。象征圣灵的瓷鸽子挂在绳子的一端。"我的兄弟们，上帝把我们造成不同于动物的生灵。野兽们低头行走，是为了更好地告诉人类，我们可以仰望天空，从而理解和衡量上帝的伟大。如果不是很多人被可怕的巫术蒙蔽了双眼，最近的事情是绝不可能发生的……上帝万般仁慈，但也有雷霆震怒的时候。想想所多玛和蛾摩拉；想想最近那次飓风；想想……"

突然，神父紧咬牙关向门口转过身去。远处乍起一声巨响，就如丛林深处的惊雷，又如魔鬼雄鸽的叫声。随着一阵短暂的静寂，一组威严干响的铃鼓破门而入。橱窗里的蜡像们随着阵阵鼓声摇晃着，越摇越厉害，越摇越起劲。"一、二、三、四。"四面仪式用的大鼓踩着节拍说起话来。第一面出声的是秩序鼓，紧跟着的是第二面国家典礼鼓、第三面斗鸡鼓，以及第四面为死人招魂的葬礼鼓。

当第四面大鼓发话的时候，教堂已是人去楼空。信徒们朝山里进发了。

四

面孔黝黑、满头卷发的人们成群结队地行进在山石嶙峋的小路上。铃鼓在太阳下滚动，如同夏日的暴雨。有时候，人们会感觉自己正在远离鼓声响起的地方。他们或从北方来，或从南方来；或是沿河而上，或是顺着布满了贝壳化石、栖息着美洲鹭和欧洲鹿的小山而下。巫师小屋的入口就隐藏在山石的裂缝中，屋顶上竖着用作避雷针的号角。如果人们认不出这里的话，就有可能在多肉的植物丛中迷路到深夜，还不得不冒着风险，在影子像极了人脸的漆树下栖身。但是，他们总算选对了，他们脚下的路一直通向塔塔家。

巫师嘲讽地跺着脚，做着手势，摊开皮围裙来收取信徒们的礼物：猪肉、蛋糕、钱币和天主教供品。他胸前挂着一个小瓶子，里面装着朗姆酒、鸡血和油混合而成的液体。他把这种液体吐向信徒们的头顶，然后，所有人都紧紧依偎在一棵大树下。巫师的妻子玛伊达莱西娅已经在树根下摆下一张矮桌，上面放着圣徒、圣母和用带子和羽毛装饰的木偶。所有铃鼓在那四面大鼓的带动下，继续交响不绝……在一切都各就各位之后，巫师塔塔·古内根走近他的妻子，这女人巨人般的躯干上顶着个小脑袋，活像一颗干巴巴的大葡萄。巫师把一顶绑着两条金色发辫的皮帽子扣到妻子的头上，然后抽出一把马刀，在树干上割开一个水平的切口，让黏稠的白色液体滴出来。他用辫子的尾端擦拭切口，再把它们粘到自己的手掌上。一面铃鼓用尖厉的声音宣布，现在开始《群鼓合奏》。巫师抬起妻子的脸，双手的颤动从发辫一直传到了皮帽子上。女人们互相揽着腰，开始在他身边转圈。男人们高举双臂，围成另一个反向转动的圆圈。在两圈人中间，骤然响起一曲深沉单调的歌：

奥雷哩，奥雷啦！

奥雷哩，奥雷啦！

圣婴耶稣快显灵！

奥雷哩！

奥巴塔拉①快显灵！

奥雷哩！

亚兰·卡甸②快显灵！

奥雷哩！

圣芭芭拉快显灵！

奥雷哩，奥雷啦！

奥雷哩，奥雷啦！

人们旋转，旋转，转得上气不接下气，边转边吼，不能自已。奥雷哩，奥雷啦！女人们的臀部和乳房轻轻蹭着男人，一股夹杂着汗水、情色和朗姆酒的味道，随着这魔法般的圈子一起转起来。尽管大家累得拖着双腿，向前推搡着，却还是在不停地转着，越转越快。

哦呀！哦呀！哦呀！

---

① 非洲约鲁巴神话中的造物主。
② 法国教师，通灵术的创始人。

信徒们跌倒在地。玛伊达莱西娅在巫师的双腿下滚动，头晕目眩，口吐白沫，用瘦骨嶙峋的双腿扇着风。圣徒已经附身在她的身上。塔塔·古内根则依照通灵的方法，向圣徒提问。

五

人们终于知道了真相。玛伊达莱西娅慢慢恢复了意识，开始说话。身负重任的男人们抛下围绕在她身旁的女人们，踏上归途。他们兵分两路，一路人沿着河回去，另一路走山道。理发师赫苏斯和"地上的玛尼塔"会守住火车站的入口，以防阿迪拉诺逃跑。人们打算把擦鞋匠干净利落地击倒在擦鞋椅子前面，在他的耳后留下一道大大的伤痕。经过询问圣灵，人们得知无影鬼是一棵树，因为诅咒，这棵树在阿迪拉诺分身的脑袋里生根发芽；这个分身是一只河边的大鹰。巫师表示，因为他没有办法把这只鹰从河边上千的鹰群中找出来，所以，除了把三圣王咖啡馆廊柱下的那棵树连根砍断之外，大家别无他法。只要无影鬼一死，大鹰、种子和大树就都消失了，村子里也会重新恢复平静。

村中房舍的轮廓已经隐约可见了，就在这时，小独眼龙说了一句话：

"但是，你们看……至今为止，无影鬼只强奸山羊区的女人……"

男人们停下了脚步：

"你说什么？"

"是真的！小苞拉是山羊区的，堂科斯米多的女儿是山羊区的，赫苏斯的情人还是山羊区的，其他被强奸的女人都是山羊区的！"

男人们顿时分成了两派。村里从土著时代就存在的古老的帮派之争，立刻成了现实。住在山边的村民是山羊区的，住在河边的村民是蟾蜍区的①。山羊人有他们的互助组织：恩森尼因。蟾蜍人则建立了自己的秘密组织艾佛-阿巴卡拉与之抗衡。阿迪拉诺是蟾蜍人，他在蟾蜍区举办的庆典和游戏中跳过"魔鬼"之舞。他是无影鬼也好，是大鹰、大树，或是被施了魔法也好，他依然尊重蟾蜍区的女人，只去强奸山羊区的女人。

"该死的蟾蜍人！"

---

① 山羊（los chivos）和蟾蜍（los sapos）是古巴卡玛华尼市的两个街区的昵称。每逢狂欢节，两个街区的居民们就会代表各自的街区，举行各种各样的竞赛来共同庆祝节日，此项传统自 1894 年起延续至今，闻名于世。作者在这里沿用了山羊区和蟾蜍区的典故，将现实和魔幻巧妙地结合在一起。

"山羊人！婊子养的！"

山羊人朝蟾蜍人开了火，蟾蜍人大吼一声。弯刀落下，颈动脉断了，脑袋从肩膀上掉下来，肠子在衬衣里冒泡。咒骂声和刀光剑影的砍杀声混成一片。远处巫师的铃鼓还在咚咚作响……

六

那一天，在五分钟的停车时间里，乘客们离开车厢，走出车站，想看看村里发生了什么事情。街道死寂，三圣王咖啡馆的风扇不转了，甚至那两辆老福特汽车都停在茅屋车库里。但是，一曲骚乱的音乐打破了四围的气氛。山那边，恩森尼因的山羊人在寂静的阳光下吹起尖厉的唢呐。紧接着，在通向河边的街道尽头，艾佛-阿巴卡拉的蟾蜍人奏响沙锤和铃鼓迎战。火车满载着猜测和无解的疑惑离开了。

而事实很简单。双方已经宣战。山羊人把阿迪拉诺置于他们的保护之下。夜幕降临之时，他们沿着山羊区的院墙和防御工事逡巡，手握尖刀为无影鬼保驾护航。现在，所有蟾蜍人都赞同阿迪拉诺去强奸敌方的女人，他们甚至帮他在身上涂上脂肪、鞋蜡或猪油。一旦无影鬼抓住了某个裸体女人（这女人的小婴儿还在床上乱爬），黑暗里的血腥战斗就开始了。鲜血喷涌如注，在混乱中循声而至的蟾蜍人常常发现，遭袭的乡亲已经奄奄一息，只能抓着脖子把尸体拖走。中心公园是爆发常规战斗的地方。有天下午，乐队打算演奏一曲老伦巴——《盟军和德军》。这悲剧性的想法挑起了山羊人和蟾蜍人新一轮的对抗，大家不得不取消了音乐会。从此之后，街上经常尸体横陈，当地卫兵团长已经说服省里的军事长官，向村里增派援兵。

但是，狂欢节来临了，随之而来的是村里的守护女神——小耳朵夫人的诞辰节日。村长急切地盼望节日的到来，希望传统的游行庆典可以驱散浓烈的火药味。事实上，当村民们为圣母花车游行做准备的时候，和平真的降临了。木匠、画家、泥瓦工、棺材匠，无论是山羊人还是蟾蜍人，都尽心尽力地装点街道。他们在墙面钉上棕榈叶，在屋檐上摆满盖着小旗的酒椰花环。做礼花的工人在秘密组装礼花，并且先交货后收钱。两个区的村民都在装点蛋糕，准备成筐的香肠和炸面圈。"中国字谜""棒花和剑花""对牌"① 游戏的赢家，则对其他牌家喊着"你看得越多，见得越少"。至于伟大的守护女神，人们给她戴上金冠，穿上新衣服，信徒们还把各种各样的耳环都借给她戴，就

---

① 以上均为古巴当地的纸牌玩法。

等着把她升到由三个玫瑰色六翼天使擎着的半月形宝座上的那一刻。这三个天使是经殡仪馆同意，从婴儿丧葬车上拆下来的。

狂欢节这天，村民们举行了"口袋跳"①比赛和爬滑竿比赛，又去拜访了在村口经营流动妓院的两个波兰女人，然后在斗鸡场上尽情呐喊。白日将尽，教堂的门开了，大家把点缀着区旗和霓虹灯的花车推上街头，开始游行。夜空中升起闪亮的焰火，人们燃起鞭炮，发射礼花。小耳朵夫人坐在花车上，一边前行，一边用忧郁的眼睛注视着人群。花车在村民的家门口被拦了下来，因为一个病人要"请夫人跳舞"。随后，队伍在铜管乐器和铙钹声中继续前进。

圣女的花车差不多转完了蟾蜍区的街道，已经来到山羊区了。正当行进到"巴黎上衣"橱窗的左首边的时候，与一支从解放者街走下来的队伍不期而遇。鼓手们，还有肚子上带着大灯笼、化装成动物的男人们，合成一队行进，身后跟着一个木头做的平台，平台上竖着一个巨大的黑人圣拉萨罗，身边围了一圈石膏做的猎狗，露天凉棚里，唢呐吹奏着阴郁的悲鸣，后面的女人们一边挥动着五颜六色的手帕，一边叫喊着：

---

① 一种流行游戏，选手把双脚伸到袋子里，用手提着袋子向前跳，双脚不能出袋子，也不能跌倒。先跳到终点者为冠军。

"圣拉萨罗活了！圣拉萨罗活了①！"

这位圣拉萨罗确实是个大活人。他拄着拐杖，左手摇着一个大大的拨浪鼓，伤痕累累的双腿上涂着红药水。啊！那不是理发师赫苏斯吗？去年，圣芭芭拉附身在他身上向信徒们讲话。这一次，他一醒来就感到四肢都充满了圣拉萨罗的气息。一个声音在他耳边低语着："拉萨罗，起来走路！"他是在理发的时候失去知觉的，摔倒在地的时候还打翻了一张摆满了刀子和剪子的桌子。②从那一刻起，山羊区的村民们就匆匆忙忙地组织了这次游行，这样，他们就能干出点什么来对抗蟾蜍区华丽的花车队伍。花车上的那个圣女虽然身为全村人的保护女神，却没有使山羊区的女人们逃脱被无影鬼强奸的厄运，不过，她们还把自己的耳环借给她戴了……除此之外，双方的这场较量不存在任何敌意。山羊人推着他们活生生的圣拉萨罗，希望他加入到全村的盛大游行中去，并获得应有的荣耀。

看着平台上被圣徒附体的理发师，神父咬住了嘴唇。哪怕他这方面最微小的抗议，也可能造成严重后果，所以还是默不作声为好。抬着拉萨罗的人们跟在圣女后面，游行队伍继续前

---

① 圣徒拉萨罗，曾经因耶稣的庇护死而复生。"圣拉萨罗活了"这句话有反讽之意。

② 中世纪，人们经常把癫痫病发作解释为圣灵附体。此处，理发师被附体的神奇症候，其实是癫痫病发作的表现。

进，在山羊区转了一圈后，返回到中央公园。但是，正当他们在中国人居住的那条街上转弯的时候，山那边从中午就开始聚集的灰色浓云突然裂开了缝，倾盆大雨从天而降。圣徒们把花车推向教堂——那里的门依然大开着，等待着圣女回归。花车冒着暴雨，伴着惊雷，摇摇晃晃、吵吵嚷嚷地沿着平整过的土地，冲进了教堂。圣女湿透的斗篷已经开始掉色了，神父赶紧关了大门好给她脱下衣服。正在这时，黑人司事走上前来：

"您要把活着的圣拉萨罗关在门外吗？"

圣拉萨罗穿着长袍，脚不能抬得太高，所以他没有用脚踹门，而是用双拐砸起门来。山羊人们认为他有权利进入教堂避雨，石膏狗像糖块一样在雨中融化。上百只拳头砸着杉木大门，教堂周围爆发出一阵愤怒的吼声……正在这时，人们看到阿迪拉诺跳上平台，在活人圣拉萨罗的肩膀上猛地一推，把他打倒在地。被附体的理发师挥舞着双拐，摔倒在推台子的人群中。整个广场上响起了战争的嘶吼。男人和女人在烟火的灰烬中打滚，被伤，被咬，被踩。双方混成一团，不分左派右派，只要能抓住一个人，就不由分说地打一顿……枪声响起，两队乡村警察从广场一侧开出来。他们穿着卡其布制服慢慢前进。每走三步就开一次枪。当开到第五枪的时候，广场上一个人都没有了。山羊区和蟾蜍区的斗殴者纷纷逃往离自己最近的街道。教堂门口，只有无影鬼和圣拉萨罗挥舞着拐杖的碎片，在烂泥潭里滚成一团。

七

几个小时后，圣拉萨罗被释放了。没有必要去找一个被圣徒附体的人的麻烦。至于阿迪拉诺，人们一大清早就把他从牢里提出来，在军营的院子里枪决了。面对着瞄准自己的毛瑟枪，他大喊一声：

"你们要杀死的是一棵树！"

一棵共产党的树。村长面对着选他上台的两区村民，出于谨慎，也为了避免向省里的军政府耗费太多口舌去解释，宣布阿迪拉诺是"最危险的红色煽动者之一，企图推翻共和政府，建立布尔什维克独裁"。

八

第二天早晨，村里一片安详。男人们拥向火车站，向乘客们兜售节日后剩在篮子里的蛋糕。两辆老福特车从车库开出来。风扇开始转动，女人们去河边洗衣服。

有中国血统的穆拉托姑娘在芦苇丛中发现了一张大鹰的皮。鹰头上长着一个小瘤子，看上去像一棵小树。女人们把鹰皮带给了巫师，后者把它装到陶罐里煮熟，用它做了一副药膏。因为这是阿迪拉诺的分身，这药应该可以治疗不育症、双腿浮肿症和风湿痛，并且比无影鬼的精子更有效。现在，应该可以享受几个月的和平了。月亮的不利影响已经消退，现在，它正处在天空三角中的一角，这将会中和它在人脑中的灾难性作用。

时间之战

这是怎样的船长，这是怎样的时间之战的战士？

——洛佩·德·维加

溯源之旅

一

"你想干什么，老头？"

从高高的脚手架上一遍遍传来这样的问话，老人却不回应。他从一个地方转到另一个地方，四处张望，自言自语，嗓子里咕哝着一长串谁也听不懂的句子。屋顶卸下来了，黏土做成的马赛克盖住了荒芜的花圃。头顶上，丁字镐正在敲开石墙，石块沿着木槽滚滚而下，扬起大团石灰和石膏的粉尘。高墙上延绵的垛子像拔牙一样被拆下来，把椭圆和方形的天花板，飞檐，花环样、锯齿样和柱环样的装饰，以及墙面上像蜕下的蛇皮般皱巴巴的纸片，都暴露在光天化日之下。后院竖立着一尊刻瑞斯①女神的雕像，鼻子破了，头发褪了色，头上佩戴的谷穗也

---

① 古罗马神话中的谷物女神。

呈现出黑色的线条。她站在一眼带有模糊的人脸装饰的喷泉上，注视着施工现场。喷泉池里灰色的鱼儿在本该阴凉的时候受到了阳光的照射，一边在长满苔藓的温水里打着呵欠，一边瞪圆眼睛注视着那些工人。明亮的天空反衬出他们黝黑的皮肤，这座百年老宅被他们越拆越矮。老人坐在雕像脚下，用拐杖的手柄抵住胡子。他看着木桶载着大量的建筑残渣上上下下，他隐约听到街上的低语。上方，滑轮的响声伴着铁器与石头的节奏，就如同大胸脯的丑陋鸟儿唱出的颤音。

时钟敲过五点。檐口和柱顶上空无一人，只有梯子留在那里，为明天的拆卸做准备。汗水、咒骂、绳索的吱呀声、缺油的轴承声，还有拍打在油腻躯干上的巴掌声，都消失了，空气也随之清爽起来。房子没了墙，黄昏来得更早了。以前，顶层的栏杆还没有倒掉时，总会给墙面带来些许太阳的反光，而现在，整座建筑都笼罩在阴影里。刻瑞斯女神紧抿着嘴唇。第一次，缺了百叶窗的房间门户大开，在一片废墟的景象中沉沉入睡。

几个柱头不情愿地躺在荒草丛中。叶形装饰发现了自己的植物特征。某种蔓藤植物对爱奥尼亚式的涡旋柱头产生了家人般的亲切感，冒着风险向它们伸出了触角 ①。夜幕降临，房子离

---

① 爱奥尼亚的涡旋柱头与爬行植物的样子很相近。

地面更近了。一个门框依然矗立在高处，带阴影的门板悬挂在
脱轨的合页上。

二

　　黑人老头没有挪动地方。他做着奇怪的手势，在一片残砖
碎瓦的废墟中转动着手杖。

　　方形的黑白大理石飞向楼层，铺向地面。石块精确地弹起
来，堵住了高墙的空洞。装饰着金属钉的胡桃木门板嵌回到门
框里，合页上的螺丝钉迅速扭转着，深深钻入螺母。荒芜的花
圃中，鲜花抬起破碎的瓦片。它们重新拼合在一起，掀起一阵
旋风，雨点般落回到房顶的梁架上。房子长高了，恢复了往常
的面积，看上去端庄又华美。刻瑞斯女神不再灰头土脸，喷泉
池里有了更多的鱼儿。潺湲的水声唤回了被遗忘的秋海棠。

　　老人把钥匙插进大门的锁里。他开始打开窗子，鞋跟发出
空洞的响声。油灯点燃，一道颤抖的黄光在家族成员的油画像
上掠过。每一道走廊里都有穿黑衣的人在喁喁低语，伴随着勺
子在盛巧克力饮料的杯子里发出的碰撞声。

　　卡普亚尼亚侯爵堂马尔夏胸前挂满勋章，躺在临终的灵床
上。四根蜡烛守护在他的身旁。烛泪宛如长长的胡须，流淌而下。

三

蜡烛慢慢长高，烛泪渐渐消失。当它们恢复到原来的尺寸，一个修女扑灭了蜡烛，带走了点烛的火苗。烛芯抛掉了烧焦的那部分，重新变回白色。客人们走光了，马车在深夜中离开了。堂马尔夏按下一个看不见的琴键，睁开了眼睛。

屋顶的横梁在一片混乱中慢慢还原。药瓶、锦缎上的流苏、床头上的修士披帛、银版相片、窗棂上的棕榈叶，都从迷雾中显现出来。医生怀着职业的悲伤摇摇头，病人感觉好些了。在沉睡了几个小时后，他在阿纳斯达西奥神父的注目中醒来。神父长着黑黑的眼睛和浓密的长眉。病人的忏悔从坦率、详细、罪孽深重转为勉强、痛苦、躲躲闪闪。那个加尔默罗①修士到底有什么权利来干涉他的生活？堂马尔夏突然发现自己被抛弃在房间的中央。太阳穴不那么沉重了，他以惊人的速度站了起来。赤身裸体的女人在床上的织锦上伸伸懒腰，寻找衬裙和胸衣，随即就穿上窸窸窣窣的丝绸衣裳，喷着香水离开了。楼下，汽车的门紧闭着，车座的铆钉上放着一个装着金币的信封。

堂马尔夏感到有点不舒服。他在墙桌的镜子前整理领带，

---

① 天主教托钵修会之一，因始建于巴勒斯坦加尔默罗山而得名。

满脸涨红。他来到楼下的办公室，法官、律师和书记员正在那里等他商谈公开拍卖房子的事宜。一切都化为乌有了。拍卖槌一落下，他的财产就要转交给出价最高的那位购买人。他问候了访客，他们离开了，只留下他孤零一个。他思索着文字的神秘魔力。这些黑色的线条在收支簿精致的宽边纸页上缠绕又散开，同时缠绕又散开的，还有承诺、誓言、盟约、证词、宣言、姓氏、头衔、日期、土地、树木和石头。这些从墨水瓶里抽出来的线团，牵绊了人们的双腿，阻碍了法律为他们规定的道路。绳索挂在脖子上，勒住了咽喉 ①。他说不出话来，却能听到眼前散漫无章的文字发出的可怕声音。签名背叛了他，笔迹的线条纠结成团，蜷缩成卷。当有血有肉的人与签名捆绑在一起的时候，他就变成了纸面上的人。

天已黎明。厨房里的钟刚刚敲过下午六点。

四

丧期已经几个月了，懊悔内疚的情绪越来越浓重。一开始，带个女人进卧室的想法几乎是理所当然的，但是，对新身体的

---

① 原文 sordina 为乐器的消音器。脖子上的"消音器"即喉咙。原文是个暗喻，这里为了行文顺畅，直接译为咽喉。

渴望逐渐被越来越深重的顾虑所取代，最终不得不用鞭笞解决问题。一天晚上，堂马尔夏用皮鞭把身体抽得鲜血淋漓，可欲望反倒更加强烈，只是持续的时间短了。那个下午，侯爵夫人从阿尔梅达河散步回来，拉着四轮车的骏马的鬃毛上满是潮湿的汗水。当天剩余的时光，它们撩着蹄子，踢着马厩的木板，看样子是被低沉不动的乌云激怒了。

黄昏时分，侯爵夫人的浴室里碎了一个装满水的罐子。随后，五月的大雨灌满了池塘。那个黑人老妇人——她是个名声不堪的逃奴，床下还养着群鸽子，在院子里絮絮叨叨："不要相信河流，姑娘，不要相信那流淌的绿玩意儿！"水的踪迹天天可见。但是最后，当夫人从殖民地长官举行的年度舞会上回来的时候，它只不过成了杯中的巧克力饮料，泼到了从巴黎带回来的裙裳上。

又来了很多亲朋好友。枝形吊灯把宽敞的大厅照得金碧辉煌。墙壁的裂缝渐渐合拢，现代钢琴换成了古钢琴，棕榈树的年轮变少了。藤蔓植物爬上了第一道飞檐。刻瑞斯女神的黑眼圈淡了，柱头看上去像新雕刻的一样。天更热的时候，马尔夏整个下午都和侯爵夫人拥抱在一起，共度良辰。眼角的鱼尾纹、皱着的眉头、下巴上的赘肉都不见了，肌肉重新变得结实有力。有一天，房子里充满了清新的油漆味。

五

那时的脸红心跳都是真心。每个夜晚，屏风稍稍开启，裙子落在阴暗的角落里，堆成带蕾丝的围栏。最后，侯爵夫人吹灭了油灯，只有他一人在黑暗中轻轻低语。

他们乘着大敞篷马车去了甘蔗园。栗色的马屁股、银色笼头和阳光下的清漆，都是亮闪闪的。丛丛的一品红映红了房屋的内柱。但花影里的俩人却发现，他们才不过刚刚相识。那段日子满是科隆香水的味道，还有安息香浴、披肩的长发、从柜子里拿出来的被单——一开柜门，就有一束香根草掉落到釉彩瓷砖上。侯爵为了消遣片刻，让人演奏舞曲和民族铃鼓。甘蔗酒的蒸汽伴着祈祷的钟声在轻风中飘荡。微风低回，预示着姗姗来迟的大雨。第一阵雨点又大又响，干裂的瓦片吮吸着水滴，发出铜币一样的响声。经过一个被无生气的胳膊拥抱过的漫长清晨，两人从初夜的慌乱中恢复过来，伤口愈合了。他们返回城里，侯爵夫人脱掉旅行的服饰，披上婚纱。依照惯例，丈夫们要到教堂去重获自由。他们把礼物退还给亲朋好友，在阵阵的起哄声和马匹的行进中，各自踏上回家的路。马尔夏继续拜访梅赛德斯家的玛利娅小姐，直到有一天，他们的结婚戒指被送往银匠铺子，抹去上面的刻字。对于马尔夏来说，新的生活开始了。栏杆高耸的宅院里，刻瑞斯女神雕像被换成了意大利的维纳斯，喷泉上的人脸浮雕难以觉察地凸起，它看到蜡烛依然高照，烛光染红了黎明。

六

一天晚上，马尔夏喝了很多酒，被朋友丢下的烟头薰得头昏脑涨。他产生了一种奇怪的幻觉，家里的钟表敲响了五点，接着是四点半，四点，三点半……这念头如同对另外的可能性的一种遥远的感知。就好像一个人在半梦半醒的状态中，觉得自己可以倒立在天花板上，在牢牢地摆放在房顶横梁上的家具之间穿梭行走一样。他胡思乱想着，此刻稍纵即逝的一闪念，并没有在混沌一片的脑海里留下丝毫的痕迹。

当马尔夏变回未成年人的那一天，在家中的音乐厅里举办了一场盛大的晚会。当想到自己的签名不再具有法律效力，而登记处和公证处的那些讨厌鬼也从他的世界里消失了的时候，他感到无限欢喜。在这不受法律重视的年纪，法官们也不再那么可怕了。酒酣耳热，少年们带着微醺的醉意，从墙上摘下螺钿吉他、古琴和蛇形管。有人给那座会演奏《迪洛尔的放牛姑娘》和《苏格兰湖民谣》的钟表上了弦。玻璃橱窗的红毡布上，从阿兰胡埃斯带回来的横笛旁边放着一只缠着绕绳的狩猎号角。有人把它捧到嘴边吹奏起来。马尔夏正在大胆地向那个从坎波弗洛利多来的小姑娘献殷勤，他在钢琴的低音键上错乱地弹起了《特里皮里歌谣》的旋律，也投入到喧闹中去。大家爬上阁楼，突然想起来，卡普亚尼亚府的盛装和制服就放在顶楼布满泥灰的横梁下面。在撒满了樟脑碎末的柜子隔板上摆放着宫廷礼服、一把大使佩戴的短剑、几套带补丁的直领紧身军上衣、一袭红衣主教的长袍，还有系着丝锦扣子、皱褶里有深深浅浅的霉斑的男士长礼服。而苋红腰带、黄色的硬衬布裙、陈旧的长袍和丝绒质地的花朵，也在阴暗中参差缤纷。一件狂欢节化装舞会上穿的带流苏发网的马车夫装束赢得了阵阵喝彩。来自坎波弗洛利多的小姑娘蒙着克里奥尔肉色的面纱，抖动着搽着香粉的肩膀——多年前，在决定家族命运的夜晚，某位老奶奶也许就是戴着这张面纱，激起了家财万贯的圣克拉雷会施主的熊熊欲火。

乔装打扮的少年们回到了音乐厅。马尔夏戴着一顶议员用的三角帽，用手杖在地板上敲了三下，宣布华尔兹舞会开始。母亲们认为，女孩子跳华尔兹实在是有伤风化，因为她们必须让男人搂紧腰身，还要任由他们把手放到依照"时尚花园"新样式制造的紧身衣的细条上。门口挤满了男女用人和马夫，他们从离这里很远的宿舍里，或是从令人窒息的阁楼里跑过来，围观这场热闹的晚会。随后，少年们玩起"老鹰捉小鸡"和"躲猫猫"。马尔夏和来自坎波弗洛利多的小姑娘藏在一扇中国屏风后面，他吻了女孩的后颈，她丢给他一块洒香水的手绢，上面的布鲁塞尔花边还带着胸口的温热。女孩子们在晨光中离开，奔向海面上黑灰色的塔楼和灯楼，男孩子们则去了舞厅，那里的穆拉托姑娘们戴着粗大的手镯，跳着欢快的瓜拉恰舞①。她们旋转得那样激昂，却永远都不会跳掉高跟鞋。眼下正是狂欢节，在与舞厅一墙之隔、种着石榴树的院落里，卡比多黑奴会②"三只眼阿拉拉"的成员们演奏着震耳欲聋的铃鼓。马尔夏和他的朋友们跳到桌子和脚凳上，对着一位徐娘半老的黑女人大献殷勤。这女人的卷发已经灰白，但当她带着高傲挑衅的表情，目空一切地起舞的时候，却依然美丽，甚至风情万种。

---

① 古巴的民族舞蹈。

② Cabildo，原为古巴黑奴组织，16世纪末在古巴创立。不同种族的黑奴隶属于不同的"卡比多"。卡比多不但是黑奴互助组织，还为新大陆上依然信仰非洲宗教的黑奴提供宗教服务，另外还举办娱乐活动和庆典，为非洲黑人文化在古巴的保存做出了很大贡献。随着奴隶制的结束，卡比多组织转变为黑人社团。

七

堂阿布迪奥是公证人和卡普亚尼亚家的遗嘱执行人，他对府上的拜访最为频繁。他严肃地坐在马尔夏的床头边上，铁线子质地的手杖落到地上，提早叫醒了他。马尔夏双眼一睁，就看到一件落满头屑的羊驼礼服，光泽的袖子里收着权证和公债券。最后，他只留下一笔还够生活的年金。这笔钱必须精打细算，不能有一点疯狂的挥霍。那时候，马尔夏正打算考取圣卡洛斯皇家神学院。

一开始，他只是课业平平，后来就经常被教师委员会传讯。老夫子们的教诲越来越听不进去了。理念的世界日渐空旷。这世界先是充满了穿着宽大无袖衫、紧身上衣、皱褶领子，戴着假发，争论和诡辩的人们，后来就变成了摆满了蜡人、默然静止的博物馆。现在，马尔夏喜欢各个理论体系照本宣科式的阐述，他努力接受任何书本的教诲。"狮子""鸵鸟""鲸鱼""美洲虎"，人们在铜版的《自然史》中读着这些词语。同样，"亚里士多德""圣托马斯""培根""笛卡尔"总是出现在深色书页的开头，厚厚的章节目录罗列着对宇宙的解释。慢慢的，马尔夏再也不学习了。他感到卸下了千斤重担，心中快乐又轻松。他只认同事物最直接的概念。当冬日的暖阳洒遍码头上的城堡，为什么非要想到棱光镜呢①？树上掉下的苹果只会刺激牙齿。伸到浴缸里的一只脚，就只是浴缸里的一只脚②。他从离开神学院的那天起，就把书本忘到了九霄云外。日暮回归鬼魂一族，光谱是幽灵的同义词③，八雄蕊植物则成了背上带刺的小甲壳虫。

有好几次，他一时心血来潮，就去和躲在高墙下的蓝门后面窃窃私语的女人们④鬼混。每当炎热的下午，那个脚上踩着绣花鞋，耳朵上别着罗勒叶的姑娘，就像牙疼一般，总在他的脑海里挥之不去。但是，有一天，他被忏悔神父的狂怒和威胁吓得失声痛哭。他最后一次倒在地狱的床单上，发誓再也不会绕着弯路，沿着僻静的街道到那里去，再也不会因为最后一刻的胆怯在某条带裂纹的人行道上转身离开，气急败坏地回家——这是一个路标，如果他低着头一直走，只要转过半个弯，就可以踏过那香艳的门槛。

如今他正在经历一场宗教危机。周围充斥着护身符、复活节羔羊、瓷鸽子、穿天蓝色袍子的圣母、纸做的金星、三圣王、长着天鹅翅膀的天使、驴子和阉牛。他还梦见了可怕的圣迪奥

---

① 指牛顿的棱镜色散试验。
② 指阿基米德把脚伸到浴缸里，受到启发，发现了浮力定律。
③ 光谱 espectro 一词在西班牙语中还有幽灵的意思。
④ 从行文来看，应该指妓女。

尼西奥①，他的肩膀上没了头颅，摇摇晃晃地走着，好像在寻找某样丢失了的东西。他已经碰到床边了，马尔夏一个激灵吓醒过来，伸手抓住一串没有声响的念珠。在油灯芯子悲哀的映照下，画像恢复了它们最初的颜色。

八

家具长高了，在餐桌边上支起前臂更加困难了，带着雕花边檐的柜子变宽了。楼梯上的摩尔人伸长躯干将大蜡烛移向过道上的栏杆。扶手椅更深了，摇椅有往后仰的趋势。他不再需要蜷起身体就能躺倒在带着大理石圆环的浴缸里。

一天早晨，马尔夏读着一本禁书，又突然想和木盒子里的铅制士兵玩耍。他把书藏回洗手间的脸盆下面，打开一个布满蛛网的杂物箱。写字台太小了，摆不下这么多人。所以，马尔夏坐到了地板上。他把投弹兵八个一排摆好，随后是围绕着旗手的骑兵军官。再后面是带着加农炮、枪炮刷和点火杆的炮兵。队伍的最后是小鼓手护卫着的笛手和鼓手。迫击炮上装有弹簧，

① 第一位巴黎主教，公元272年殉道。传说他被砍头之后，把头颅夹在胳膊底下，直挺挺地行走了六公里，路上遇到一位罗马贵族妇女，他把自己的头颅交给她，然后才倒地而亡。

可以把玻璃球发射到一米开外的地方。

嘭……嘭……嘭……!

骑兵、旗手和鼓手应声而倒。那个叫艾里希奥的黑人男仆叫了三遍,马尔夏才答应洗手下楼,去餐厅吃饭。

从那天起,马尔夏养成了坐在瓷砖地上的习惯。当他体味到其中佳处时,真是惊讶怎么没早想到这个妙招。大人们靠在丝绒坐垫上汗流浃背。他们中的某些人看上去像公证员——比如堂阿布迪奥——因为他们不知道整天躺在大理石上有多么凉爽。只有躺在地上的时候,才能全方位、全角度地观察到这个房间的每一处地方。美丽的木头,昆虫神秘的行迹,被人高马大的成人们忽视的阴暗角落。下雨的时候,马尔夏就躲在古钢琴下面。每一声雷鸣都会激起共鸣箱的颤抖,所有的音符一起唱起歌来。天上落下的闪电搭起了带回音的穹顶屋——那里有管风琴的乐声,有随风作响的松涛,还有蟋蟀演奏的曼陀铃。

九

那个早晨,马尔夏被锁在自己的屋子里,听见全楼的人都在低声私语。他的午餐比平时丰盛了好多,足足有六块蜜饯蛋糕——星期天做完弥撒,他也不过能吃到两块。他看着旅行插画自娱自乐，直到越来越响的嗡嗡声从房门底下传进来，他才透过百叶窗向外望去。进来一些穿黑衣服的男人，抬着一个带铜把手的箱子。他正想哭的时候，马车夫梅楚尔出现了。他的靴子踩着响亮的脚步，露出牙齿冲着他微笑。两人开始下棋。梅楚尔是马，他是国王。他们把瓷砖格子地面当作棋盘。他可以一格一格地走，梅楚尔则必须向前跳一格，再向两侧分别跳一格，或者反过来。他们一直在玩，直到黄昏时分，有消防队经过时才罢手。

他站起来吻了病床上父亲的手。侯爵感觉好些了，他用惯常的做派和口吻对儿子说话。"是，父亲"和"不，父亲"，就像弥撒时神父助手的回答，穿插在串串念珠般的问话之中。马尔夏尊敬侯爵，但没有人猜得出其中缘由。他尊敬他，是因为父亲身材高大，能够戴着胸前闪亮的勋章奔赴晚间的舞会；是因为他羡慕父亲的马刀和高级军官制服上的金银袖饰；是因为父亲在复活节吞下一整只塞满了杏仁和葡萄干的火鸡，赢得了一场赌注的胜利；还因为，有一回，父亲抓起一个正在打扫圆顶屋子的穆拉托女仆，把她夹在胳膊下面进了自己的房间，他肯定是想把这姑娘抽一顿。马尔夏当时躲在窗帘后面，不一会儿看到那姑娘从房间里出来，满面泪痕，衣冠不整。他为她的受罚幸灾乐祸，因为这女仆总是会把碗橱里成盘的水果甜食偷吃一空。

父亲是可怕的人，也是除了上帝之外他最应该热爱的人。对于马尔夏来说，父亲是比上帝还上帝的存在，因为他的才德是天天可见，实实在在的。但是他更喜欢上帝，因为上帝不像父亲这么麻烦。

十

家具又长高了一些，没人比马尔夏更清楚床底下、柜子下和雕花立橱下面都有些什么东西，他守着这个天大的秘密，对谁都不透露。只有马车夫梅楚尔在时，生活才有乐趣。不管是上帝、父亲，还是圣体节游行时的金衣主教，都没梅楚尔重要。

梅楚尔来自遥远的地方，他的祖辈是被殖民者征服的王子。在他们的王国里，有大象、河马、老虎和长颈鹿。那里的人不像堂阿布迪奥一样在堆满了卷宗的阴暗房间里工作，他们活得比动物还狡猾。有人把十二只烤鹅穿在长矛上，用这伪装的武器刺穿一条大鳄鱼的身体，并把它拖出蓝色的湖水。梅楚尔会唱简单的歌曲，说简单，是因为那歌词没有意义，还总是重复来重复去的。他从厨房里偷糖吃，夜里溜出马车夫的房间。还有一回，他用石头砸到了警卫，随后便一溜烟地消失在阿玛古拉街的黑影里。

　　下雨的时候，梅楚尔把靴子放在厨房的炉火边烤干。马尔夏真希望自己的小脚也能撑得起这样的鞋子。他管右脚的靴子叫"卡郎乒"，左脚的靴子叫"卡郎乓"。梅楚尔只要把两根指头伸进野马的嘴唇，就能把它乖乖驯服；他身穿丝绒，脚踩马刺，头上戴着闪光的高礼帽；他也知道夏天的大理石地面有多么凉快；他还会从端到大厅的托盘里偷来一个水果或一块蛋糕，把它们藏到家具底下。马尔夏和梅楚尔共同积攒蜜饯和杏仁，大笑着美其名曰"乌利，乌利，乌拉"。两人把房子上上下下探了个遍。只有他们知道，马厩下面有一个装满了荷兰瓶子的地窖。女佣宿舍上面那间没什么用处的阁楼上，有十二只落满灰尘的蝴蝶放在破碎的玻璃盒子里，它们刚刚折断了翅膀。

十一

　　马尔夏养成了破坏东西的习惯。他忘记了梅楚尔，开始和狗亲密起来。家里养了好几条狗，有大的斑点狗，有叼着奶头的小猎兔犬，有已经老得不能和他玩的灰猎狗，还有一条绒毛犬，有一阵子它被群狗追逐，女仆们不得不把它单独关起来。

　　马尔夏最喜欢那条名叫"肉桂"的狗，因为它会把鞋子从卧室里叼出来，然后埋到院子里的玫瑰丛里。它不是浑身炭黑，就是满身红土，它从其他狗那里抢食吃，没来由地乱叫，把抢来的骨头藏在喷泉底下。它还时常粗暴地用嘴巴将母鸡轰出鸡窝，再把它刚下的鸡蛋掏空。这条恶狗人见人踹，但当人们把它送走的时候，马尔夏却病了。所以"肉桂"虽然被扔到了比慈善堂还远的地方，最终却摇着尾巴胜利还家。它如今的地位，是那些善于狩猎和看家的狗永远都比不上的。

"肉桂"和马尔夏一起撒尿。有时候，他们在大厅的波斯羊毛地毯上留下朵朵逐渐扩散的阴云。这会为他招来一顿暴打，却不像大人们想象的那么疼，反而可以借机和"肉桂"一起大声嚎叫，还能激起邻居的同情。当隔壁的斜眼女人从窗户上探出头来，骂他父亲是"野人"的时候，马尔夏看看"肉桂"，满眼都是笑容。为了赚到一块饼干，他又继续哭了一阵，随后所有事情就一笔勾销了。他和"肉桂"一起吃泥巴，在阳光下打滚，喝鱼池里的水，在罗勒根下寻找阴凉和芳香。天热的时候，潮湿的花圃里满是人 ①。那里有迈着罗圈腿、双腿间悬着囊袋的灰色母鹅，有秃了尾巴的老公鸡，有一边"古利古拉"地叫着一边从脖子间伸出一条粉红领带的小蜥蜴，有悲伤地诞生在没

---

① 译者个人理解，这里的人"gente"并非指人类，而是指下文所提及的动物。作为小孩子的马尔夏把这些动物视为自己的同类。

有母蛇的城市里的小公蛇，还有拿宽叶藤种子堆砌洞口的老鼠。有一天，他们① 把"肉桂"指给马尔夏看。

"汪！汪！"他说。

马尔夏说着自己的语言，享受着最大的自由。他现在喜欢抓住那些双手够不到的东西。

十二

饥饿、干渴、炎热、疼痛、寒冷，马尔夏对这些基本现实的感觉刚开始减弱，光线就作为次要的东西被他抛弃了。他忘了自己的名字，重新回到洗礼那天。嘴里的盐② 让他很不舒服，于是他连嗅觉、听觉，甚至视觉都不想要了。他用双手触碰那些令人愉快的形状。他成了一个有充分直觉和触觉的人类。宇宙通过每个毛孔进入到他的身体。于是，他闭上只能辨别出模糊巨人的眼睛，钻到一个温暖潮湿、昏暗混沌、濒临死亡的身体里。当他被完全包裹住的时候，这个身体就起死回生了。

---

① 这里的"他们"指的是动物们。为了顺应上一句中的逻辑，特译为"他们"而不是"它们"。

② 天主教洗礼时，按照传统，要让孩子嘴里含上一点盐，以示纯洁。

最后几个小时变得又轻又细，时间流淌得更快。分钟奏出一串滑音，就如同玩家拇指下的纸牌。

鸟儿在飞旋的羽毛中回到鸟蛋里。鱼儿在水池深处留下雪一样的鳞片，缩成一块鱼子。棕榈树合上叶子，像合起的扇子一样消失在地上。树干收起叶子，土地把所有的东西都吸了进去。雷声在走廊上回响，羊皮手套上开始长毛。羊毛外套被拆开了，毛线回到远方羊羔的身上，把它们裹得圆滚滚的。柜子、雕花橱、床、十字架、桌子和百叶窗飞向夜空，在森林里找寻它们最原始的根。所有带着钉子的东西都垮塌了。一只不知在哪里抛锚的双桅帆船，匆匆忙忙地载着房间和喷泉上的大理石驶回意大利。盔甲、蹄铁、钥匙、铜锅、马厩里的龙头融汇成金属的河流，沿着没了屋顶的长廊流进地里。一切都在变形，回归混沌洪荒。尘归尘，土归土，整座住宅化作一片荒芜。

十三

清早，工人们赶来继续拆楼，却发现活儿已经干完了。有人昨晚就带走了刻瑞斯女神的雕塑，把它卖给了一位古董商人。在向工会投诉之后，工人们来到城市公园，坐在长椅上闲聊。

有人想起一桩模糊的旧事，有位卡普亚尼亚家族的侯爵夫人，在一个五月的下午，淹死在阿尔梅达河边的海芋丛里。但没有人在意这事。太阳东升西落，时间按顺时针流淌，岁月因懒散而延长。这才是导致死亡的原因。

宛如黑夜

他行进着，宛如黑夜。

——《伊利亚特·歌章 I》

一

悬崖还笼罩在阴影里，中间的海水已经开始呈现碧蓝的颜色。阿伽门农王为我们送来五十艘黑色的帆船，螺号正在朝它们发号施令。一听到号声，在打谷场的牛粪堆上等待多日的人们就开始把麦子往岸上搬。我们早早预备下滚木，好把那些船只运到城堡的高墙上去。当龙骨触到沙滩的时候，舵手中爆发了几场争吵。那些迈锡尼人老听别人说，我们对航海的事情一窍不通，所以企图让我们闪到一边去。沙滩上满是小孩子，他们在士兵的双腿间穿梭，妨碍他们干活，或者向船舷上探身，好去偷划船者座位下面的核桃。黎明时分，晶莹的浪花中夹杂着叫喊、咒骂和拳脚。场面混乱不堪，长官们甚至没法对援军致欢迎词。我本期待能和这些远道而来的战友来一场更庄严、更喜庆的会师，现在多少有些失望。于是我退出人群，走向那棵无花果树。我总喜欢坐在它粗壮的枝条上夹紧双膝，因为这棵树不知哪里有点像女人的肋骨。

帆船被拖到山脚，太阳升起来了，我渐渐打消了糟糕的第一印象。因为期待，我整夜失眠，昨天还和刚从内地来到这海岸的年轻人们痛饮了一番。明天天一亮，他们就要和我们一起远航。我看着那些正往船上搬运大水罐、黑酒囊和篮子的人，身为战士的优越和自豪油然而生。橄榄油，松香味道的葡萄酒，上等的小麦——去往特洛伊的路上，当我们在神秘陌生的港湾中行进，在被海水打湿的船头的庇护下安然入睡的时候，这些食物将连夜被烤成饼干。我曾用铲子扬起那些谷粒，现在却成了它们的享用者。我无需耗费自己结实的肌肉来搬运它们，比起那些只会种地的人，我的双臂是用来投掷桲木长矛的。那些农人啊！就因为他们总是赶着汗淋淋的牲口，面朝黄土背朝天地干活，天天像畜生一样拔草锄地，所以永远不可能闯荡天地，从那片总在此时笼罩在云彩下面的葱绿岛屿上带回香气扑鼻的罗盘草。他们也永远不会知道特洛伊人的街道有多么宽阔，现在我们正在靠近那里，进攻他们，摧毁他们。迈锡尼王的信使日日向我们诉说着普利阿莫斯①多么目中无人，他的臣下多么傲慢地用苦难威胁我们的人民，嘲笑我们血气方刚的传统。伊里昂人②的挑衅让我们这个勇武绝伦的长发民族怒发冲冠。我们怒吼着，拳头高举，抬掌发誓。当知道斯巴达的海伦被抢走时，我们愤怒地把盾牌朝墙上扔去。囊中美酒倾倒进头盔，信使们抬高声音，细致入微地描述着海伦的容貌多么美丽，仪态多么动人，步履多么可爱，而她被无耻监禁后，又遭受了多么残忍的折磨。那天下午，正当大家怒火中烧的时候，我们得知有五十艘舰船已经出发了。铸铜工匠燃起了炉子，老妇们把柴火背下山来。日子一天天过去，我看着脚下的舰队和强壮的龙骨，没出海的时候，桅杆就像男人大腿间的阴茎一样高高挺立。我感到自己就是这些舰船的主人。这些木料，经由一种此处无人知晓的技术，完美地拼合成波涛上的战马，载着我们干出一番前无古人的伟大事业。天将降大任于斯人也——我，皮匠的儿子，阉牛工的孙子，如今要前往丰功伟绩之地，那里因为水手们的故事而辉煌夺目。我将光荣地眺望特洛伊的城墙，在名将麾下效力，为解救斯巴达的海伦浴血奋战。这是男人的责任，这是无上的胜利，它将永远给我们带来繁荣、幸福和骄傲。微

---

① 特洛伊最后一位国王，在他的统治期间爆发了特洛伊战争。

② 伊里昂是特洛伊的希腊名字。这里的"我"是希腊人，故有此称。

风吹过种着橄榄树的山坡，我大口呼吸着它的气息。我想到，在这场正义的战斗中舍生取义，战死沙场，也是件壮丽的事情。但是，如果我被敌人的长矛刺穿身体，母亲会痛不欲生，而身为一家之主的父亲，必须强忍泪水去接受这个消息，也许这样的痛苦更为深重。我沿着牧童的小道，慢慢朝村子里走去。几只小羊羔在百里香的芬芳中欢蹦乱跳。海岸上，人们还在继续把小麦运上战船。

二

船队就要出发了。到处都能听到比韦拉① 琴奏出的音乐和噼噼啪啪的响板声。加尔达号的水手们一边走一边跳着获得自由的女奴们跳的萨兰贝盖舞。他们用《妙龄少女》中的小调改编了舞曲，一边唱，一边用双手触摸着歌中所唱的东西。大家继续搬运葡萄酒、橄榄油和小麦。库房总管的印第安仆人也来帮忙——他们迫不及待地想回到遥远的家乡。去港口的路上，随军牧师赶着两只牲畜，它们背上驮着木风琴的风箱和音管。遇到同舰战友的时候，我们大呼小叫，热烈拥抱，大笑着互相

---

① 一种六弦琴，吉他的前身。

恭维，就为了吸引姑娘们打开窗户探出头来。大家来自不同的民族，为了一项伟大的事业拧成一股绳。面包师傅和剪羊毛工都不了解这样的事业，那个在青楼大院里四处叫卖带修女流苏的荷兰衬衣的小贩，也不了解。广场中央，远征官的六支小号迎着阳光吹奏民歌，勃艮第人的铃鼓咚咚作响，一支长号尖厉地嘶吼着，如同龇牙咬人的巨嘴龙。

父亲坐在散发着皮革味道的店铺里，把锥子扎进马镫皮带。他看上去无精打采，整个身心都沉浸在等待中。一看到我，就带着平静的悲伤抓住我的胳膊。也许他想起了克里斯多巴伊约的惨死。那是我从小玩大的伙伴，在一个叫"龙血树嘴"的地方被印第安人的利箭穿透了身体。但是他知道，这个时候乘船去西印度群岛是件全民疯狂的事情，尽管有不少理智的人说过，只有极少数人能从中得利，对于很多普通人来讲，这只是场骗局。父亲谈起了做手艺人的好处和荣耀——所谓荣耀，就是在耶稣游行的时候扛上皮匠的旗杆。但在父亲看来，它足以与历经艰险实现伟业所得到的荣耀相提并论。他苦口婆心地分析着，做个皮匠不愁吃，不缺钱，还能安享晚年。但是，也许是注意到城里日益欢腾的气氛，也明白理智的劝说已经对我不起作用了，他轻轻地带着我走向母亲的房间。这是我最害怕的时刻，直到我的名字已经列在征兵名册上人尽皆知，母亲才知道我要离开的消息。我在她的哭声中强忍着眼泪。我感谢她向航海圣母祈祷让我早日归来，我答应所有她想要我答应的事情。比如，不要与那里的女人们有任何不体面的关系，她们伊甸园般的裸体里潜藏着魔鬼，天真的基督徒就算对肉体毫不动心，也会为她们误入歧途。后来，她终于明白，儿子梦想着地平线以外的世界，乞求他放弃远征是在白费力气。于是她开始痛苦地盘问我舰船是否安全，领航员是否娴熟。我夸张地描述着加尔达号的坚固和船员们的能力，并告诉她，舰船的领航员是去西印度群岛的老兵，是努尼奥·加西亚的战友。为了让她不再担心，我对她说起那个奇妙的新世界，那里出产的驼鹿蹄①和牛黄包治百病。我还对她说起欧梅瓜斯城。那座城池全用黄金打造，腿脚极好的人也要走上两天一夜才能逛遍。我们就要去往那里，就算不去，也会在其他尚不知名的地方找到财富，那些地方都富得流油，等着我们征服。母亲轻轻摇头，对我说起印第安人的谎言和自负，还有彪悍的女人、吃人的野兽、百慕大的风暴，还有涂了毒药的长矛——只要被它刺到身体，就立刻会像雕像一样僵死丧命。见到她总用阴暗的现实来回应我对美好未来的展望，我便把话题转向那些高尚的目标。我告诉母亲，

---

① 曾有很长时间，人们相信驼鹿蹄可以治疗癫痫。

那里有太多崇拜偶像的可怜人，他们从来没见过十字架。我们将作为传教士执行基督的命令，使上百万的灵魂皈依我们神圣的宗教。我们是上帝的战士，也是国王的士兵。我们会把那些印第安人从野蛮的迷信中解救出来，为他们施洗礼，监管他们。祖国将会因为我们的努力而成就不朽的伟业，为它的子民带来幸福、财富和全欧洲最雄厚的实力。听了这番话，母亲终于宽慰了。她把一块修道士的肩布系到我的脖子上，给了我好几种治疗毒兽咬伤的药膏，并让我保证，睡觉时一定要穿上她亲手织成的羊毛无底鞋。这时，教堂的钟声响了，她找出了只在重要场合才披的绣花长方披巾。在去教堂的路上，我注意到，无论如何，我父母都为儿子加入远征官的舰队而倍感自豪。他们比平时更频繁地向别人问好，一脸骄傲。有一个勇敢血性、为了伟大正义的事业奔赴战场的儿子，总是令人高兴的。我向港口望去，小麦还在继续被运上舰船。

三

我管她叫未婚妻，尽管谁也不知道我们相爱。我在舰船旁边看到她父亲，心想她应是独自在家的。悲伤的码头上溅满绿色的潮水，任由海风尽吹。我沿着被硝石染绿的铰链和铁环，一直走到道路尽头的那所房子，那里绿色窗户总是紧闭着。我刚叩了叩长满苔藓的门环，门就开了。阵风吹过，我披着细雨般的海雾进了屋。房间里亮着灯，我的未婚妻坐在一把嵌着旧锦缎的大扶手椅里，带着顺从的悲伤，把头靠在我的肩上。我不敢看她那双可爱的眼睛，它们总像在惊奇地注视那些看不见的东西。现在，摆放在屋里的奇怪物件对我而言都有了新的意义。星盘、指南针、罗盘、挂在房梁上的尖嘴鱼。烟囱旁边，杂乱地翻开着墨卡托和奥特柳思绘制的地图册，以及大小熊星座、猎犬座和射手座的星象图。这些东西好像都和我有着某种联系。未婚妻开口了，她的声音盖住了从门缝下传来的风声。她问我准备得如何。我感到一阵轻松，因为可以谈谈那些与我们两人无关的事情了。我告诉她，苏尔比斯会①的成员和修道院的隐修士们将和我们一道登船，我赞扬这些仁慈的耕耘者的虔诚品德，他们是由以法国国王的名义占领那块遥远土地的人挑选出来的。我告诉她所有关于宽广的考伯特河的事情，沿河一路都是百年古树，树下是银色的地衣。白色的苍鹭漫天飞翔，红色的河水澎湃浩荡。我们带了六个月的干粮，小麦堆满了美人号和甜心号的甲板舱。伟大文明的事业在等着我

---

① 法国天主教会。

们完成，从墨西哥湾到齐加古阿的广袤丛林，我们将把新的技艺传授给居住在那里的土著人。正当我觉得未婚妻听得越来越专注的时候，她却用惊人的力气在我面前站了起来。她坚称，虽然我们的事业能让教堂里所有的大钟从黎明起就响个不停，但实在是没有任何荣耀可言。昨天晚上她哭红了双眼，想了解我马上要奔赴的那个大海另一边的世界，还去读了蒙田随笔中关于美洲的篇章。她就这样知道了西班牙人的背信弃义，他们带着马匹和大炮从上帝眼前经过。她带着圣母般的愤怒，给我看了这个波尔多怀疑论者①的一段话，他宣称"我们利用了印第安人的天真无邪和缺乏经验，把他们带向背叛、淫荡、贪婪和残忍，而这些都是我们自己的习惯"。她被这番叛逆的话语蒙蔽了双眼。尽管胸前的十字架虔诚地闪闪发亮，她却赞同那个冷酷地宣称"新世界的野蛮人不需要皈依我们的宗教，因为他们自己的宗教这么多年都非常适用"的人的观点。我理解，她之所以犯下这样的错误，都是因为恋爱中少女的幽怨。她是个美丽动人的姑娘，她所爱的那个男人，却为了迅速发财，自命不凡地投身一桩危险的事业，而让她陷入长久的等待。但是，尽管我理解她，却还是深受伤害，因为她忽视

---

① 指蒙田。

了我的勇气，她没有意识到，我此番冒险可能会光宗耀祖。说不定我会建功立业，平定某个地区呢，虽然多少有些印第安人要丧命在我手上，但国王会因此赐予我爵位。不战斗无以成伟业。而我们神圣的宗教，也必须付出血的代价才能传播。我的未婚妻曾为我画过一幅很蹩脚的圣多明戈岛的油画，我们此行要在那里中转停留。如今，这幅画却点燃了她的熊熊炉火。她用可爱却很不合时宜的表情，把这个小岛叫作"坏女人的天堂"。她虽然纯洁，却也很清楚，那些在捕快的监视下，在海员们的大笑和脏话中频繁登陆法国角的女人都是些什么货色。有些人——比如女佣——大概早告诉过她，男人的本性是无法禁欲的。她隐约看到，在这个神秘的世界里，有伊甸园般的赤身裸体，有令人精神迷乱的狂热，有比洪水、风暴和被生活在美洲大河里的巨龙咬伤更巨大的危险。我发怒了。此时此刻，我渴望的本是一场甜蜜的告别，而不是这样固执的争吵。我开始憎恶女人的胆小怕事，缺乏英雄主义，还有三句话不离尿布和缝纫桌的生活哲学。正在这时，突然响起了咚咚的砸门声，她父亲回来了。我从后窗跳了出去，集市上没有人察觉我的行踪。在下午这个时分，行人、渔夫和醉汉原本会很多，可此时他们都聚集在桌子边上，听某人大声讲话。我开始以为此人是个推销奥威尔多不死药的小贩，可他实际上是支持解放

"圣地"① 的僧侣。我耸耸肩膀，继续走路。以前，我差点就加入了由福果·德·奈乌利② 布道的第四次十字军东征，就在即将入伍的时候发起了高烧，多亏上帝和我母亲的药膏才得以活命。军队出发那天，我正躺在床上打着寒战。那场战争以基督徒对战基督徒而宣告结束，十字军因此声名扫地③。此外，我还思考了更多事情。

风已经停了，我还在为同未婚妻争吵而懊恼。我朝港口走去，想看看那些舰船。所有船只都紧挨着停靠在码头，舱口打开，画着小丑的船舷上堆满了面粉口袋。步兵团在码头工的尖叫声、水手长的哨子声，以及海雾中闪烁着指挥吊车上下的信号灯中，慢慢走上舷梯。随身兵器和战争器械覆盖在防雨布下面，堆在甲板上看不清形状。大帆上面有一张辅助帆，正在慢慢转动下沉到黑暗的甲板下面。将军的骏马绑上了肚带，就像瓦格纳风格的战马一样，在仓库的顶上走来走去。我站在铁制舷梯的最高处观望着最后的准备工作，突然感到万分痛苦。只剩几个小时了——仅仅十三个小时——我也要靠近那些战船，

---

① 这里的"圣地"指《新约》和《旧约》中故事的发生地。
② 法国布道者，他的布道促成了第四次十字军东征。
③ 第四次十字军东征途中，东罗马帝国发生皇位纠纷。十字军以平定内乱为名，攻陷并洗劫君士坦丁堡，消灭东罗马帝国，建立拉丁帝国。十字军从此名誉扫地。此句中，时间不知不觉间倒流到另一个时代。

拿起武器了。我想起女人，想起等待我的禁欲时光，想起没能再次与另一个炽热的身体欢爱就战死沙场的悲伤。我等不及了，我还在为连未婚妻的一个吻都没有得到而恼火，于是，我大步流星地朝舞女酒店走去。烂醉如泥的克里斯多夫已经和他的情人缠绵在一起了。我的姑娘又笑又哭地拥抱我，她说她为我骄傲，说我穿上制服更加英俊，还说一个用纸牌算命的女人跟她打包票，我在这场"伟大的登陆"中会毫发无损。她一遍遍地叫我"英雄"，就好像知道这个甜蜜的称呼与我未婚妻不公平的言语形成了多么大的反差。我走到房顶的平台上，城里的万家灯火勾勒出楼房巨大的几何形状。脚下的街道上，帽子和脑袋汇聚成混乱熙攘的人流。①

　　站在高处，沉沉的暮色里分不出男人和女人。但是，正是因为这群陌生人的存在，我才要在黎明时分登上战船，在狂风暴雨中穿越重洋，登上遥远的海岸，握着钢枪，冒着炮火，去捍卫同胞们的正义。利剑最后一次刺向西方版图。此次我们将把新条顿军团②彻底消灭，胜利迎来盼望已久、天下大同的未来。也许是猜到了我的伟大想法，姑娘伸出颤抖的手，抚摸着

---

①　作者在这一段中将时间不动声色地推移到了"二战"时期的诺曼底登陆前夜，时间虽然变了，但情节与前文无缝衔接。
②　指"二战"时的德军。

我的头。一丝不挂的裸体隐藏在半开半露的宽大衣衫下。

四

我拖着摇摇晃晃的步子回到家。我狂饮美酒，以此嘲笑自己与另一个身体过度交欢而导致的疲惫。还有几个小时天就亮了。我又渴又困，为即将到来的出发而痛苦不堪，心神不宁。我将枪支和武装带扔到脚凳上，随即就倒在床上。这时我才发现，在厚厚的羊毛毯下面躺着一个人。我惊得跳了起来，正要拔刀自卫，就被一双炽热的胳膊像遭遇了海难一样紧紧抱住脖子。一双柔软得无以形容的玉腿伸到了我的腿后。我惊讶得说不出话来，这才发现，以这样的姿态躺在床上的人，竟是我的未婚妻。她泣不成声地对我诉说着这场夜奔的经历，到处是狗叫声的可怕街道，从我父亲的后花园一直通到窗子的那条隐秘的小路，以及等待时分的焦虑和害怕。在下午那场愚蠢的争吵之后，她想到了我即将经历的危险和痛苦。与很多女人一样，当她面对爱人危险的战士生涯时，起先那种无能为力的感觉，已悄然转变成自我献身的决心。在离别时刻，献出守护珍藏的童贞，撕裂处子之身，不求自己幸福，只为爱人欢愉，这好似具备一种宗教仪式般的抚慰力量。触碰着从未被情人的双手抚摸过的莹白玉体，紧张的抽搐中有着与众不同的新鲜感。虽然笨拙却又准确无误，虽然纯洁却又恰到好处。黑暗中的身体严丝合缝地贴在一起。我躺在未婚妻的臂膀下，感觉到她羞涩的体毛在自己的大腿上变硬。我悔恨交加，怨自己不该用眼下的纵欲换取今后的平静，不该那么长时间和别人做爱，把身体搞得疲惫不堪。现在，面对着最让人艳羡的欢乐，在未婚妻急切颤抖的身体下面，我却几乎没有任何激情。这倒不是说，这令人垂涎欲滴的秀色，当夜就不能使我年轻的身体多兴奋一次，但是，一想到她是处女，我还是放弃了。她完美无缺的身体需要我缓慢持久的配合，我怕自己做不成。我将未婚妻抱到一边，温柔地吻着她的肩膀，带着别有用心的真诚对她说，出发前做爱是不负责任的行为，一旦怀孕会为她带来耻辱。如果孩子没有父亲教他如何从空树洞里掏出碧绿的蜜糖，或者如何从石头下面捉章鱼，那该有多么悲伤！她听着我说话，明亮的大眼睛在黑夜里闪闪发亮。我看出来，她因为潜意识里的失望而愤怒透顶。她看不起我，她更欣赏那些在相似场合下，能够放弃理智和清醒的男人，他们会开垦她，把她的胸脯咬得伤痕累累，让她躺在床上像猎物一样流血，让那肮脏的汁液横流，他们会打败她，但让她成为真正的女人。正在此时，海滩上传来一阵献祭牲畜的嚎叫，瞭望台上的螺号吹响了。我的未婚妻带着满脸鄙夷，猛地站起身来，再也没让我碰一下。我突然欲火中烧，她却遮住了身体。那种态度与其说是贞洁，倒不如说，是收回了自己差点就要贱卖掉的宝贝。在我伸手抓住她之前，她从窗户一跃而下。我看到她一路狂奔跑进橄榄林中。那一刻我感觉到，就算毫发无伤地攻入特洛伊城，也要比挽回失去的爱人来得容易。

当我在父母的陪伴下朝舰船走去的时候，战士的骄傲已经不复存在，取而代之的是难以忍受的憎恶、发自内心的空虚和对自己的不满。舵手们撑着坚固的船桨，驾驶舰船离开海岸，桅杆在划船者的队列中高高竖立起来，我知道，出发前那段充满赞美、狂欢和礼物的日子已经结束。花环、桂冠、各家的美酒、病秧子的嫉妒、姑娘们的青睐，都已成为往事。现在，等待我们的将是起床号、泥浆、潮湿的面包、长官的傲慢、因为错误而白白洒下的鲜血和散发着腐烂干草味的坏疽。我不敢肯定，自己的勇气能否增加我们长发民族的伟大和幸福。一个去前线执行公务的老兵，带着走向羊圈的剪羊毛工人一般的平静，四处对那些爱听他说话的人宣讲着，斯巴达的海伦在特洛伊过得幸福极了，当她在帕里斯的床上颠鸾倒凤的时候，叫春的声音让普利阿莫斯王宫里的处女们听得满脸羞红。听说，所有关于海伦被特洛伊人侵犯侮辱、残酷监禁的故事，都仅仅是阿伽门农煽动、墨涅拉俄斯默许的战争宣传。事实上，这冠冕堂皇的理由背后掩藏了太多交易，士兵们却无法得到任何好处。其中最重要的一点就是——老兵宣称——彻底消灭特洛伊人，这样，我们就能卖出更多陶器、布料和画着马车的杯子，还能打开通往亚洲的新道路（那里的人喜欢以物换物）。满载着面粉和士兵的战船慢慢起航。村里房舍的正墙上洒满了阳光，我长久地凝望着家乡，真想痛哭一场。我摘下头盔，把双眼藏在竖起的马鬃盔缨后面——我需要花很多力气才能把它弄平整。这盔缨，与那些乘着有更多船帆、更大甲板的舰船，并把全副武器装备都交给时尚手艺人打造的长官所佩戴的比起来，其实并无二致。

圣雅各之路

一

胡安沿着艾斯卡达河行走，身上背着两面鼓。斜挎在左髋的那面鼓是他自己的，肩膀上的那一面是玩牌赢来的。他看到一艘刚靠岸的大船，粗大的缆绳系在桩子上。午后的细雨淅淅沥沥，不停敲打着没被帽檐遮全的鼓面，一切看上去都雾蒙蒙的。因为刚在一个军需小贩朋友那里痛饮过烧酒和啤酒，他自己也如坠五里云中。小贩朋友的餐车就停在下面那座已被改建成马厩的路德教堂附近，车上的小灶冒着烟。那艘船上承载着太多悲伤，航道中的浓雾从里面冒出来，就像命运多舛的叹息。船帆用霉色的旧帆布修补过了，绳索长了毛，帆桁上青苔密布，死去的海藻像破布一样挂在未经修整的侧翼上。这些来自外海的植物，一旦在暗墙间冰冷的死水里浸没，就腐烂成褐色和墨绿色的残骸。一只螺蛳在上面随处涂画，画出一颗星星、一朵灰色的玫瑰，或是一枚石膏做的钱币。水手们颧骨深陷，眼圈发黑，牙齿脱落，仿佛得了坏血病一般病弱不堪。他们刚放开一只把船拖到码头的小艇的缆绳，脸上没有任何表情，甚至在看到酒馆灯光亮起时也没有显露出欣喜。船只和水手都深陷在懊恼的情绪里，好似在某场暴风雨中亵渎了神灵。有些人正在缠绕缆绳，收起风帆。他们就像囚犯一样无精打采，不愿往地面上踏出一步。然而此刻，一扇舱门骤然开启，阳光般照亮了安特卫普的黄昏。从下甲板的阴影里，抬出来一株株种在木桶里的低矮橘树，树上果实累累，如同火焰燃烧，在甲板上铺下一条芳香扑鼻的大道。随着这些华丽果树的出现，整个下午都变了模样。一股混合了橘汁、胡椒和肉桂的香味让胡安目瞪口呆，他把肩上的鼓放到地上坐了上去。看来，有关公爵的绯闻都是真的。他的心上人确实像众人所说的那样奢华任性，总是渴望得到礼物。而这位艾尔瓦公爵①，仅为了心血来潮的一闪念，就能从"香料之岛"、印度王国或是霍尔木兹的苏丹那里弄回奇珍异宝。这些结满果实的小橘树，一定来自那些受过洗的摩尔人的果园（没有人比他们在灌木种植方面更在行）。它们

_____

① 指第三位艾尔瓦公爵费尔南多·阿瓦雷斯·德·托莱多，西班牙贵族和名将，以军功和铁腕著称，1567年率西班牙军队进攻荷兰，残酷镇压那里的异教徒叛乱。

千里迢迢，顶着狂风暴雨，冒着遭遇敌舰的危险，只为装点某道装满镜子的长廊。这长廊坐落在那位佛兰德斯女人的宫殿里，她喜欢用黎凡特①最精细的珊瑚粉做胭脂，染红自己的双颊。在这个充满航海和新奇事的时代，当某些女人张开金口的时候，她们不会满足于那些被夸赞了几个世纪的寻常妙物。她们需要的是丹麦的新玩意儿、莫斯科的香膏，还有从奇花异草中提炼的精油；珍禽方面，满口脏话的印度鹦鹉是她们的最爱；至于狗嘛，可爱的杂种小犬已然过气，卷毛哈巴和长毛狗才是新宠，这些狗有着柏柏尔人②那样浓密的长毛，一番修剪后，可以用蝴蝶结扎起来。所以，当士兵们在来自萨莫拉的军需小贩那里喝烧酒喝上头的时候，总有人管不住舌头，宣称公爵在安特卫普待了太长时间，连士兵都从冬营换成了春营，这都是因为他还舍不得抛下那个萦绕在诗琴③颈上的美妙声音，这声音就像古人提到的美人鱼的声音一样动人心魄。"美人鱼？"负责搬运酒罐的女佣大叫起来，她从那不勒斯一路跟随部队而来，"美人鱼？倒不如说，她那两只奶子比两驾马车还能牵魂儿呢！"一阵骚动中，胡安没有听清其余的言语。士兵们没付酒菜钱就离

---

① 地中海中部地区。
② 非洲西北部信仰伊斯兰教的民族集团的统称。
③ 古欧洲的弹拨乐器。

开了军需小贩的餐车，他们害怕，万一公爵的某位随从闲逛到此，听到这话到主人那里告状。现在，矮橘树在一位新来少尉的监督下，已经被抬上岸，胡安看着看着，又想起那女佣的话，事实证明其言不虚。后勤部门派出的几驾带帐篷的马车已经来到，负责搬运矮橘树。胡安突然感到腹中空空，有种想吃玉米炖鸡、啃牛蹄子的冲动。他把打牌赢来的鼓重新背到肩上。就在这时，他注意到，一只身上满是脓包肿块的秃尾巴大老鼠正沿着粗大的缆绳往岸上逃窜。一个士兵用空闲的那只手抓起一块鹅卵石，一边抢着一边瞄准目标。老鼠跑到码头之后就停住了，如同一个外乡人在陌生的城市下船，总要先自问一下，要去哪里住宿一般。鹅卵石砸到它的背上，弹起来又落回水中。老鼠拔腿朝被烧死的布道者的房舍跑去，如今那里已经成了粮草仓库。胡安什么也没有多想就来到萨莫拉小贩的餐车前。连队里的士兵为了挑逗那个女佣，唱起她家乡的艳曲小调。歌中唱到缝上的处女膜、妓女和老鸨。但是，载着矮橘树的马车一经过，大家就默不作声了，静寂中只听见女佣的一声嘟囔，还有关在路德教堂里的那匹公马魔鬼笑声一般的嘶鸣。

二

　　起初，胡安以为自己患了腹股沟淋巴腺炎，这种病在去过意大利的人群中并不罕见。但是，当他开始出现非三期的高烧，而连队里有五个战士开始呕血的时候，他害怕起来。他无时无刻不在摸着淋巴结，如果他得的是梅毒，那里的体液应该会肿起来，所以他希望此处变成一串核桃念珠。外科医生疑惑地判断，他患了一种很罕见的病症，佛兰德斯空气湿润，这里已经很久没人得这种病了。但是，胡安凭着在那不勒斯的经历，推测自己其实患了鼠疫，而且是最严重的那种。不久他听说，在运送矮橘树的船上服役的全体水手都已经卧床不起，大家咒骂着在帕尔玛吸入的空气——在那里，由阿尔及尔获救的俘虏们带来的恶疾，就像雷电一般击倒了满街的行人。大概因为不怎么害怕灾祸的缘故，连队在城中驻扎的地方挤满了老鼠。胡安还记得那只肮脏的秃尾巴老鼠，它本该被石头砸死，现在却如预言中的凶兽，想必已成为鼠群中的"领衔旗手"和"异教牧师"了。这些暴徒闯入宅院，窜进仓库，把整个岸边的奶酪都席卷一空。那个看上去有点像路德教徒的鱼贩子房东，每天早晨都绝望地发现，鲱鱼被啃去一半，鳀鱼缺了尾巴，河鳗只剩一把骨头，而一只脏兮兮的老鼠正躺在饲养鳗鲡的水塘里，肚皮朝天，还没被淹死呢。这些老鼠来自亚洲，满身脓疮，饥肠辘辘，除了螃蟹和蛤蜊外无物不噬。它们不知从哪个香料之岛上的船，不但把盔甲和马具上的皮带啃得千疮百孔，就连随军神父的祭品都不放过。冷风从雾气弥漫的牧场吹来，士兵在盖着石板瓦的阁楼上瑟瑟发抖。胡安躺在行军床上啜泣，胸口火烫，淋巴疼痛。想当年，他放弃了在唱诗班赞颂上帝的差事，选择从军当一名鼓手，也许死亡就是对此的惩罚。军鼓不是唱圣歌一般的艺术，也不是"四艺"①那样的正经学问，而只是像桑本巴、潘多戈②或者阉猪哨一样粗俗的乐器，不管村里欢庆什么基督节日，小伙子们都会把它们拿出来敲打一通。但是，只凭一面鼓和两根鼓槌，一个人就能走遍世界。从那不勒斯王国到佛兰德斯，行军的鼓点一路奏响，与小号和黄杨木笛子交相唱和。胡安本就没有当神父或唱诗班领唱的想法，他放弃了有朝一日去阿尔卡拉拜神学家西罗埃罗为师的机会，而选择了跟随第一个前来征兵的长官从军。那位长官把三个八雷亚尔的硬币放到他的手里，向他保证，一旦从军就会享受女人、美酒和纸牌的快乐。现在，他见识了世界，他明白了由贪欲带来的虚荣带给母亲多少眼泪。他曾经冒着震耳欲聋的炮火，经历三场真枪实弹的战斗，但如果今天他死在这里，死在这间阁楼上，这一切将没有任何意义可言。外面有夜间巡游的人群经过，火把的光芒悲哀地晕染在绿色的小玻璃窗上。有人敲着光秃秃的

---

① 指中世纪学校里讲授的算数、几何、天文、音乐四门学问。
② 二者均指一种很原始的鼓，是一种粗俗的民族乐器。

铃鼓，这些天生嗜啤酒如命的佛兰德斯人，他们敲得如此糟糕，从来都找不准节拍。事实上，胡安一直在为他滚烫的胸膛和肿胀的淋巴哭泣，他希望上帝能够怜悯病人，别让他得上那致命的疫疾。但是，突然之间，一股可怕的寒气侵入他的身体。他没有脱鞋就躺倒在床上，盖上一床毯子，毯子上面再盖上一床鸭绒被。但是，若能让他难受的身体获得衰老的所罗门王力图在少女身上获得的那股热量，他所需要的不是一床毯子和一床鸭绒被，而是连队里所有的军毯和安特卫普所有的鸭绒被。鱼贩子听到他的呻吟，前来探望，一看他抖得那样厉害，吓得连连后退，一边冲下满是老鼠的楼梯，一边大喊大叫着，疾病已经来到家门口了，这都是上天对那些买卖圣职和教谕的天主教徒的惩罚。烟尘之中，胡安看到外科医生的脸。医生把手伸进他松开的腰带，摸着他的腹股沟。后来，响起了一阵奇怪的鼓点——鼓声是断奏的，却加了消音器。艾尔瓦公爵突然奇迹般地来到了他的面前。

公爵只身一人，没带随从，一身黑衣，皱褶领子紧紧围住脖颈，上面是花白的络腮胡子，整个头颅就像被砍下来盛在白色大理石盘子中的礼物。胡安竭尽全力想从床上站起来，像战士那样立正行礼。但公爵跳过盖在他身上的鸭绒被，坐到另一侧的一把针茅编成的矮凳上，凳子上放着几个陶土小瓶，瓶子没有倒掉，也没有摔碎，可一股杜松子酒的气味如犹太教堂里的香薰一般在屋子里弥漫开来。外面响起一阵混乱的小号声，荒腔走板，不成曲调。在把病人冻得牙根打战的寒冷中，音符也是哆哆嗦嗦的。当年艾尔瓦公爵下令对路德教徒实施火刑时，连眉头都没皱一下。如今他从鼓鼓囊囊的贴身上衣里掏出三只橘子，像杂耍艺人那样玩了起来。他把橘子扔过梳着罗马发型的脑袋，从一只手倒到另一只手上，技术惊人地娴熟。胡安打算对公爵这身不为人知的本事恭维几句，顺便再喊上几声"西班牙之狮""意大利之大力神"，或"法国之鞭"什么的。但是话到嘴边没说出口。暴雨骤降。雨点像打鼓一样敲击着楼顶的瓦片，一阵狂风推开临街的窗子，吹灭油灯。胡安看到艾尔瓦公爵随风而去，他的身体变得异常纤细，就像绸缎一样在楣梁间缭绕飞过。那几只橘子把漏斗戴在头上当草帽，一边嘲笑着果皮上的皱纹，一边从那里伸出一双青蛙般的脚来。一位袒胸露乳、裙裾外掀、屁股露在钢丝裙环下面的女人，骑在诗琴的琴颈上，从阁楼上飞过。她先是飞到院子里，又从院子里飞到了街上。一阵飓风摇动着屋子，把这些可怕的人都带走了。胡安几乎吓昏，他推开窗子想呼吸一点新鲜空气。他发现天空澄澈安详，在经过了一个夏天之后，银河第一次照亮了苍穹。

"圣雅各之路！"①胡安一边呜咽，一边在他的宝剑前双膝跪下。那把剑插在地板上，剑柄画出了十字的图案。

三

朝圣者走在去法国的路上，瘦骨嶙峋的双手拄着拐杖。神圣披肩的皮子上缝着闪闪发光的美丽贝壳②，葫芦里只装溪水。他的胡须悬挂在下垂的帽檐中间，皱巴巴的哔叽法袍下面是一双虔诚而肮脏的凉鞋。自从踏上巴黎的土地，他就从未迈进铺着花砖的酒馆。除了观望克鲁尼修道会的修士们住过的神圣房舍外，也一步没有离开这条笔直的圣雅各之路。不止一家虔诚的好人邀请胡安留宿，天一黑他就能睡下。但当他得知附近有修道院的时候，还是稍稍加快了步伐，只为能赶上祷告的钟声。职事修士从栏杆外探出头来，胡安向他请求留宿，然后就亲吻着徽章，躲到了修道院客房的穹顶下面，在坚硬的石椅上

---

① 雅各是耶稣十二门徒之一，传说公元42年在巴勒斯坦被斩首，遗体流落到西班牙西北角的孔波斯特拉。一直到九世纪，一位法国主教靠着繁星指引，才找到他的遗骸，此地也因此得名圣雅各·德·孔波斯特拉（Santiago de Compostela），而从法国到孔波斯特拉的"圣雅各之路"也成了基督教三大圣地之一。"孔波斯特拉"在拉丁语中是"繁星之地"的意思，所以此处用"圣雅各之路"来指代银河。

② 贝壳是去圣雅各朝圣者的标志。

一躺就是一夜。早先的疾病的折磨，再加上从佛兰德斯到塞纳这一路的风吹雨打，使他浑身的骨头都疼得要命。第二天，胡安天不亮就出发了，他迫不及待地想，今天至少要到达龙塞斯瓦列斯。那里有他的同乡，身上的伤痛也会好受一点。他在图尔和另两个德国朝圣者相遇，彼此用手语交流。在普瓦捷的圣希拉里奥济贫院里，又碰到二十个朝圣者，大家继续向朗德省进发。他们穿过收割后的麦田，正赶上野葡萄成熟的季节。秋天的果实已经收获，但此地的天气依然如盛夏一般炎热。阳光长久地照射着愈加紧密的松冠和干瘪的葡萄，芳香的青草和凉爽的树荫拉长了午休的时光。朝圣者们唱起歌来。法国人哼着小调，歌唱着他们为了向圣雅各祈祷而放弃的那些美好的东西。德国人清清嗓子，用条顿口音的拉丁语唱起赞歌，几乎分不清"Herru Sanctiagu"和"Grot Santiagu"①。佛兰德斯人的赞歌听着就好多了，胡安很喜欢那段副歌："基督的战士，我们神圣祈福，一切厄运灾祸，你无不庇护！"

就这样，在缓慢的行进中，朝圣者的队伍逐渐增加到八十余人。他们行进到巴约讷，那里的医院是个好地方，大家可以抓跳蚤，为凉鞋绑上新皮带，互相捉虱子，还可以讨来一点眼

---

① 这两句话是拉丁语，意为"神圣的圣雅各""伟大的圣雅各"。这是圣雅各之路上的朝圣者中最流行的一首赞歌。

药——因为一路烟尘滚滚，很多人都有眼屎和眼伤。医院的院子里挤满了悲惨的人群，病人们挠着疥癣，露着残肢断臂，用池塘里的水清洗烂疮。有些人患了淋巴结核，就算法国国王亲自抚摸也无法治愈。还有人的生殖器肿得和巨人阿达玛斯特①一样大，行动不便，不得不骑在长凳上。朝圣者胡安是少数没有讨药的朝圣者之一。葡萄园里的烈日晒得他大汗淋漓，汗水浸湿了粗呢衣服，却也使他免受其他恶毒体液的感染；肺部也因吸满了松香味道的空气以及带着些许潮水味道的轻风而健康无恙。当他第一次爬进木桶中，用圣徒们饮过的神圣井水泡澡的时候，顿感无比舒爽快乐。他打算在阿杜尔河畔痛饮一整罐葡萄酒，心中坚信，对于他这样在几个星期之后冒着感冒的危险第一次清洗脑袋和胳膊的人，喝酒是可以被赦免的。当他回到医院，葫芦里的清水已经换成了烈酒。他倚着修道院内院的柱子，慢慢喝着。银河一直悬在天上，患鼠疫的那天晚上，在唯恐被重罪惩罚的战栗中，胡安看到了繁星圣地。但今天，醉意让他的头脑变得轻飘飘的，再也看不到那天的景象。他曾经许愿良久，要去囚禁圣雅各的耶路撒冷亲吻他的枷锁。但是现在，在经过休息和沐浴、抓了虱子、饮了美酒之后，他开始怀

---

① 葡萄牙诗人贾梅士诗歌中提到的希腊神话巨人。

疑那一晚魔鬼般的情景是不是高烧的幻象。一个老头在他旁边呻吟着，半边脸都被肿瘤吞噬。这提醒了他，祈祷就是有效果。他把头埋进披肩里，想到自己将健康地到达目的地，而其他人却带着烂疮和痂皮一路跪拜，都穿过佛朗西娜门 ① 的穹顶了，还不知道那天赐的神药到底灵不灵呢。重获的健康让他愉快地想到安特卫普那些丰满的姑娘，她们特别喜欢山羊头发、身体瘦弱的西班牙人。在干正事儿前，总是让他们坐在自己的大腿上，用杏仁膏一般洁白的双臂为他们解下铠甲。从现在起，朝圣者拐杖铆钉上挂着的葫芦里，将只有美酒了。

四

胡安沿着法国境内的圣雅各之路前行，一个喧嚣的集市突然出现在眼前，拦住了通往西班牙布尔戈斯的道路。结实的高塔间是一道大门，大门旁边有一家小店铺。在上了年纪、缺了牙齿的老板娘慷慨邀请下，胡安品尝了冒着热气的油炸果子、香味扑鼻的铁板烤肉、欧芹猪肉糜和辣椒。大快朵颐之际，径直去往孔波斯特拉大教堂的决心又减了一层。他还喝了驮在驴

---

① 孔波斯特拉大教堂的北门，从法国方向来的朝圣者通常会进此门。

背上的酒囊里的美酒，这酒要比酒馆里的便宜多了。接下来，熙熙攘攘的人群吸引了他的视线。那里有扮巨人的，有演杂技的，还有人在叫卖不成套的宗教画，五颜六色的小画片上，画着怀了鬼胎在埃鲁塞玛岛生下一窝公猪仔的女人的可怕故事。这边有个江湖游医宣称可以无痛拔牙，他一边递给病人一块红布遮住流淌的鲜血，一边让助手用木槌敲鼓，掩盖痛苦的尖叫。那边有小贩在叫卖博洛尼亚的肥皂、治冻疮的软膏、缓解病痛的植物根茎和神龙之血。炸煎饼的油声、走调的笛子声，伴着穿着坎肩、戴着帽子的小狗的叫声，总是那么响亮。这小狗正在为那个如朝拜的基督徒一般匍匐行走的瘫子讨饭吃。现在，胡安被人群推搡得有些厌烦了，他在一张长椅前停下脚步。长椅上坐着几个卖唱的瞎子，他们刚唱完强大的美洲鹰的故事。这是连鳄鱼和狮子都害怕的动物，它们肮脏的窝巢就在宽阔的山脉和蜿蜒的沙漠之中。

　　一个欧洲人将它重金买下

　　带着它去往那欧罗巴

　　从马耳他上岸再去往希腊

　　经过君士坦丁堡

　　色雷斯是它下一站停靠地

就在那里它开始厌食

才几个星期

就在剧痛和呻吟中死去

（合唱）

这就是美洲鹰的命运，

大自然恐怖的恶魔

但愿所有的魔鬼，

一出生就马上夭折！

　　一曲终了，后排听曲子的人们不愿掏钱，一哄而散。瞎子
们怒气冲冲地骂他们小气鬼，却只换来一阵嘲笑。但大家刚走
不远，就被另一群瞎子吸引去了。附近正在上演木偶戏，讲的
是摩尔人化装成绵羊潜入昆卡城①的故事。胡安刚听完美洲鹰
的故事，又有人唱起了豪哈②的新闻，皮萨罗就在那个岛上征
服了秘鲁王国。这群瞎子艺人没有上一拨那么话多，其中一位
在为不孕不育的女人们祈祷，领头的那位头戴黑帽子的大块头
瞎子正挥着长长的指甲，一边弹着比韦拉琴，一边唱着最后一

----

① 西班牙中部城市，中世纪曾是摩尔人的据点。
② 秘鲁地名，后多指富饶之地。

段歌谣：

　　　　家家户户都有金银果园

　　　　美食财富，数不胜数

　　　　果园的四周是高大的柏树

　　　　第一棵住石鸡

　　　　第二棵住火鸡

　　　　第三棵住兔子

　　　　第四棵住阉鸡

　　　　还有平静的池塘

　　　　价值八个金币

　　　　价值四个金币

　　瞎子唱完这段歌谣，马上换上一副征兵的架势，他把比韦拉琴像旗帜一样高高举起，洪亮的嗓门响彻整个集市：

　　　　骑士们，抬起头

　　　　穷绅士，挺起胸

　　　　贫苦人，好福音

　　　　同是天涯沦落人

大家一起去淘金

塞维利亚黄金港

十艘大船要起航!

　　听众们再次溜之大吉,歌手们再次破口大骂。胡安被推搡
到一条小巷里,一个装模作样的印第安人大惊小怪地炫耀着两
条肚子里填满秸秆的鳄鱼,据说是从库斯科带回来的。他的肩
膀上爬了只猴子,左手上停着只鹦鹉,一吹玫瑰色的大海螺,
就有个黑奴如同宗教寓言剧中的撒旦一样从深红色的盒子里钻
出来,向人们兜售裂口的珍珠、治头疼的石头、羊驼毛质地的
绶带、铜箔耳环和其他来自波托西①的杂货。那黑人一笑就露
出两排磨得尖尖的古怪牙齿,面颊上还带着刀疤。他抓着一面
铃鼓忘情舞蹈,舞姿是那样怪异,仿佛连腰都要被扭断了。他
的姿势如此放肆,就连卖猪下货的老厨娘都被那放荡的姿态所
吸引,丢下锅台跑过来看热闹。正在这时,下起雨来,大家
都跑到屋檐下避雨,木偶戏艺人用斗篷遮着头,瞎子们拄着棍
子,画片上产下猪仔的女人被淋成了落汤鸡——胡安进了一家
酒馆,这里有人玩牌,也有人在痛饮低等烈酒。黑人掏出手帕

---

　　①　玻利维亚地名,盛产白银。

为猴子擦身子，鹦鹉停在酒桶上昏昏欲睡。印第安人要了瓶酒就开始对朝圣者吹起了牛皮。虽然胡安早就不信任何印第安人的花言巧语，但此时他觉得，有些假话说着说着就成了真理。恐怖的美洲鹰在剧痛和呻吟中死在了伊斯坦布尔。有个叫作龙格斯·德·森特兰·伊·德·高格思的上尉碰巧就发现了聚宝盆一样富饶的豪哈。秘鲁的黄金和波托西的白银都不是印第安人的谎话，冈萨洛·皮萨罗① 钉在马蹄上的金蹄铁就更不是了。当满载而归的大帆船驶进塞维利亚的时候，国王船队的书记员最清楚那里究竟装了多少宝贝。酒过三巡，印第安人带着醉意说了些不怎么像谎话的奇闻：那里有一眼神泉，驼背瘫痪的老头进去泡一下，白发立刻变黑，皱纹也消失了，一身的病也没有了，骨头也灵活了，浑身的力气足以使一个舰队的女武士怀孕。他还说起佛罗里达的琥珀，还有冈萨洛·皮萨罗的兄弟在别霍港② 看到的巨大雕塑，还有在印第安发现的人头，牙齿有三根手指那么大，只有一只耳朵长在后脑勺上。另外，他还说起了和豪哈相差无几的城市，那里所有东西都是金色的，连理发师刮胡子的碟子、做菜煮菜的饭锅、马车轮箍和油灯都不例

---

① 西班牙征服者，曾与其异母哥哥弗朗西斯科·皮萨罗远征秘鲁，曾被任命为库斯科（今属智利）卫戍司令。
② 哥斯达黎加城市名。

外。"那里的居民难道是炼金师吗？"朝圣者目瞪口呆地惊叹道。那个印第安人要了更多的酒，反驳他说，正是印第安的金子终结了点金术士们的大功①。面对着那么多艘满载着金条、金杯、金粉、金石、金像和金首饰的大船，所有研究莫列诺、雷蒙德和阿维森纳②著作的学者都抛弃了炼金的水银、长生不老药、缎花、炉甘石和黄铜。以前，只要炼金炉里没有化学反应，就得不到最好的金子。但现在，一个住在普通庄园里的埃斯特雷马杜拉人③，一伸手就能让黄金滚滚而来。

夜幕降临，印第安人喝得舌头都不听使唤了，酩酊大醉地回去睡觉，黑人带着猴子和鹦鹉爬上稻草堆安歇。朝圣者也醉得不知归处，他拄着拐杖左转右转，在周围兜了几圈。最后，他终于钻进城郊的一条小巷深处，在妓女的床上一直睡到天明。他没有遵守诺言，去亲吻斗篷上已经脱线的神圣贝壳。那个晚上，城市上空乌云密布，遮住了银河——圣雅各之路。

五

现在，朝圣者胡安喜欢向听他讲话的人宣称，自己是从耶

---

① la Gran Obra，中世纪欧洲炼金术术语，即"点石成金"。
② 阿拉伯医学家、哲学家。
③ 指皮萨罗，他来自西班牙埃斯特雷马杜拉省。

路撒冷回来的，那是圣雅各曾经生活并被投进监狱和砍下头颅的地方。但实际上，他从来都没有去过那里。他依然穿着朝圣者的袍子，披着斗篷，带着葫芦（尽管现在里面只有烈酒），但这一切只是为了能免费在修道院留宿，白吃那里的卷心菜汤和黑麦面包，并享受传道带来的好处而已。法国境内的那一段圣雅各之路早已走完，他进了西班牙，在路过雷阿尔城 ① 的时候痛饮了整个王国最好的葡萄酒，一连三天都没放下酒囊。此后的路途中，他发现人们有点变了。大家很少谈论佛兰德斯的事情，反倒全都在关注塞维利亚的消息。离家出走的儿子，把生意转移到卡塔赫纳的铁匠铺老板，又一个因为没有把白银登记入库而破了财的家伙。有些村民全家都离开了。采石场主带着工人们走了，穷绅士们带着马和仆人也走了。现在，所有的广场上都有人敲锣打鼓地征兵，他们需要有人去征服"坚实之地" ②，并移民到新领土上的各省。旅馆和客栈里住满了旅行者。就这样，朝圣者胡安把衣服上的贝壳拆下来，用它们换了只罗盘，来到征兵处。他现在这副打扮一点都不像朝圣者，反倒像一个散伙剧团的演员，因为缺钱，在戏服箱子里随便摸出件衣服就往身上套。只见他上穿喜剧丑角的礼服，下着比斯

---

① 西班牙中部城市，在西班牙光复后成为拉曼查省的首府。
② 西班牙在美洲的殖民地，位于巴拿马地峡附近。

开人的肥裤子，外披彼拉多的铠甲，头戴阿卡迪奥（一位热爱意大利喜剧的神父）的帽子，虽然他不喜欢那样式。慢慢的，他把圣袍卖掉，换来一双鞋子。又与卖旧衣物的小贩讨价还价，搞到一身斗篷。经过这一番打扮，胡安身上既看不到一点朝圣者的影子，也看不到在意大利当过兵的痕迹。应征入伍并不是他的目的，因为那个印第安人早就劝过他，像科尔特斯那样漂洋过海征服美洲已经不是最佳选择了。如今在西印度群岛发财的人，都具备敏锐的嗅觉、精准的判断和高人一等的能力，他们对西班牙国王的命令、教士们的唠叨和主教的怒吼都不怎么理睬。那里的宗教裁判所很温和，因为黑人和印第安人太多，而且对宗教一无所知，所以对他们无计可施。即使有分发悔罪衣①的工作，穿得最多的也是那些在忏悔室里犯了罪的神父。在新殖民地，因忏悔而获得减刑的概率要比在西班牙大得多，宗教裁判所的法庭从一开始就对正事漠不关心，他们只想着在火盆上加热美味的巧克力饮料，而不是在火刑场上②严惩那些顽固、反动、有缺陷、执迷不悟、发假誓或是加入光明教的异端人士。再加上那里既没有路德教堂，也没有

---

① 中世纪被宗教裁判所判处火刑的犯人，通常会穿着悔罪衣受刑。
② 这里作者用了 brasero 一词。该词在西班牙语里既有火盆的意思，也有火刑场的意思，一语双关。

犹太人教堂，所以宗教裁判所就更加无所事事了。有时候，黑人们可以在散发着魔鬼脚趾味道的塑像前演奏铃鼓，而僧侣们只是耸耸肩膀，见怪不怪。他们真正讨厌的是那些带着文件、手稿和书籍来到这里的异教人士。所以黑人和印第安人在接受圣水洗礼之后，经常重新回归自己原来的宗教，但是，矿山和劳役所需要太多的人，根据福音书，他们就是那些堆集成山投入烈火中的干葡萄枝①。那个印第安人利用自己丰富的人脉，把胡安推荐给一位塞维利亚的方济会成员，此人家里放满了行军床和草垫子，胡安和很多人一起在那里住宿，等着五月随"新西班牙舰队"从桑卢卡尔②起航。同行的有很多有趣的人，他用"安特卫普的胡安"的名字去征兵处报了名——他不能忘记，自己还愿还是要回佛兰德斯的。征兵册上与他的名字写在一起的两个人，一个是塔拉戈纳主教的黑奴，名叫赫尔海；另一个是个死脑筋，没完没了地坚持说，自己的父亲不是重新皈依的人，自己的祖父也不是被烧死的异教徒。与他们的名字写在同一名册里面的，还有一位女皇的皮毛匠，一位名叫哈可

---

① 在《约翰福音》中，耶稣说："我是葡萄树，你们是枝子。常在我里面的，我也常在他里面，这人就多结果子。因为离了我，你们就不能作什么。人若不常在我里面，就像枝子丢在外面枯干，人拾起来，扔在火里烧了。"
② 西班牙南部沿海城市。

迈·德·卡斯德庸的日内瓦商人，几位教堂唱诗班的领唱，两位火药工人，圣玛利亚·德·达利安①的长老和他名叫弗朗西斯吉奥的侍从，一位接骨医生，牧师，文人，三个新基督教徒，还有一位有着生梨肤色的名叫路西亚的姑娘。提到肤色，还是不要分什么熟梨生梨的好，胡安在贝梯卡迷宫游逛时，就曾被各种肤色的人群惊得目瞪口呆。出发前等待登船的人里，不仅有获得自由的黑奴（他们的皮肤是沥青一样的深褐色或者茄色的），也不仅有跳帕拉孔贝舞②的黑女人、青涩的几内亚少女和索法拉的穆拉托姑娘，还有很多印第安人，他们作为前来西班牙宫廷办事的高级教士或船长的随从，与主人一起返航。单是那位来自危地马拉的唱诗班领唱就带了三个随从，他们有橄榄色的皮肤，头上缠着绣花带子，身上穿着五彩缤纷的厚羊毛套头斗篷。三个人的脖子上都挂着十字架，用自己的方言交谈，说话时鼻子往里面吸气，与其说是基督徒在说话，不如说是聋哑人在抗议。天知道他们会谈论些什么歪门邪道。还有伊斯帕尼奥拉岛③的印第安人、穿着白色短裤的尤卡坦④人，以及圆脑袋厚嘴唇、浓密的头发剪得像碗一样的来自"坚实之地"的人

---

① 西班牙十六世纪在美洲的殖民地，今在哥伦比亚境内。
② 带有非洲元素的古巴民族舞蹈。
③ 加勒比地区的主要岛屿之一，包括今天的多米尼加共和国和海地。
④ 尤卡坦半岛，主要位于今墨西哥境内。

们。来自梅迪纳·西多尼亚公爵 ① 府上的八个墨西哥人有时甚至会去做弥撒，并曾在为欢迎堂娜玛利亚和菲利普王子在萨拉曼卡城的相会而举办的晚会上娴熟地演奏过笛子。世界充满喧闹和羽毛，永远不缺被阉割的阿尔及尔男奴和脸上打着烙印的摩尔女奴，一切在安特卫普的胡安眼中都充满了美妙的冒险味道。接下来，是储备食物的盐水、船上捻缝工人的沥青、卖白葡萄酒的小店里腌制的沙丁鱼、随时被掷出的骰子，还有在青楼里着魔般跳着萨拉班德舞的姑娘。到那里去的海员们习惯咀嚼一种棕色的草叶，它会把唾液染成黄色，并在胡子上留下一股混杂甘草、醋、香料还有更多无法辨别的东西的味道。

如今，安特卫普的胡安正航行在公海上。猖獗的法国海盗，匮乏的劳动力，还有矿上印第安人的大量死亡，使得某些西班牙领土一贫如洗。而美洲事务部正需要向这些地方输送移民，所以没有允许胡安通过墨西哥。听到这个消息，他捶胸顿足，破口大骂，随后又觉得，都是自己没去孔波斯特拉，才遭到了上帝的惩罚。恰在此时，他又见到了那个在布尔戈斯的集市上遇到的印第安人。他告诉胡安，只要穿过大洋，就大可不必理会美洲事务部的官员们，尽管去自己想去的地方好了，很多脑

---

① 西班牙最古老的大公。

子灵活的人都是这么干的。于是，胡安再也不生气了，他在甲板上猛敲铃鼓，把成群的猪赶到下甲板，那里的厨师会把它们做成咸肉。他嘲笑无风的海面，却忘了桶里的水已经有了霉味。大家百无聊赖，就在甲板上追赶着还未被宰杀的猪崽和牛犊子取乐，后来又用喷水管打水仗，把棍子绑在狗尾巴后面激怒它，蒙着双眼寻找夹在两块木板中的公鸡，并用军刀砍下它的脑袋。再后来，这些游戏也变得索然无味，连同花牌和抢分牌也被玩腻了，赌金从一个人的腰包进了另一个人的腰包，已经轮回了不下十遍。有人开始发烧，有人中暑倒地。有人吃下被老鼠啃过的饼干，有人从甲板上把尸体扔下去。多嘴多舌的黑女人生下一对双胞胎，这里有人上吐下泻，那里有人瘙痒难耐。当跳蚤、虱子和恶臭实在忍无可忍之时，在一个清晨传来了守望员的叫喊声。哈瓦那的圣克里斯托弗港在前方若隐若现，船要靠岸了。胡安早对这段不愉快的发财之旅心生厌倦了，尽管几天前在海面上看到的飞鱼，让他觉得很像美洲鹰和豪哈宝地的奇异征兆。现在，他极目远眺，看到一座又高又尖的钟楼矗立在成片的屋顶和草舍之上，前方应是一座城市。胡安心花怒放，他抓起鼓槌猛敲起来。鼓声如雷。当年，他的军队就是踩着这样的鼓点，攻入了安特卫普的冬营，准备向异教徒们宣战——他们是神圣宗教的敌人。

六

但是，这里到处都是流言、圈套、闲话和往来的信件，还有刻骨铭心的仇恨和不加掩饰的嫉妒。八条臭烘烘的街道上永远淤泥遍地，几头没了毛的黑猪兴高采烈地用鼻子拱着堆积成山的垃圾。每当新西班牙舰队返回之际，都要带走船主的货物、书面的表扬信、函件、谣传和诅咒。所有这些都要交给海那边最能伤害邻居的人们。天气热得让人心绪不宁，湿得足以腐蚀一切。蚊子和在脚指甲里产卵的昆虫，失望和对蝇头小利的贪婪（想发大财是痴人说梦），无不啮噬着人们的灵魂。有文化的人们从不像古人那样，写什么有益教化的演讲词、主教文告或者描写圣体节欢乐场景的文章。他们总是用蘸了苦胆汁的羽毛笔向国王发泄满腹牢骚，对美洲事务所胡说八道。总督写了长达八页的信，对皇家军官大加指责。主教控告议员姘居，军队巡视官控告主教未经托莱多教会许可就篡夺宗教法庭的权力。公证人控告出纳员没有缴清什一税，而出纳员是市长的朋友，他又反过来控告公证人心术不正，弄虚作假。控告一环套一环，并且总从最薄弱或最外围的那一环断裂。黑人巫师被控曾购买心愿草①，并被押到西印度的卡塔赫纳②挨了一顿鞭子；发布告示的官员被控犯有十恶不赦的大罪；监护官被控移动了西班牙王室直属地域的标杆；唱诗班领唱被控奢侈过度；炮手被控喝醉了酒；宗教仪式执杖人被控鸡奸犯；而市里的那个斜眼理发师——只要看他一眼就倒霉——是这一系列无耻控告的起点。他一口咬定前总督的夫人堂娜维奥兰特是个老妓女，并与奴隶们有染。就这样，圣克里斯托弗这个人间地狱里，混迹在浑身散发着变质黄油气味的土著仆人以及浑身散发着石貂气味的黑人中间，这个王国里的人们过着狗也不如的日子。啊！印第安姑娘们！印第安姑娘们……唯一能让胡安开心的，就是那些从墨西哥或伊斯帕尼奥拉岛乘船过来的女人。过了一些日子，他记起自己从前当过兵，于是就从肉铺里偷了一条牛肋排，加上胭脂树酱和从维拉克鲁斯港带回来的辣椒面，和几个同伴一起炖着吃了。他也曾帮人推倒鱼店的大门，偷回满篮子的鲷鱼和乌龟。几个月后，因为缺乏精致的美食，胡安已然喜欢上了番茄、甘薯、仙人掌果等新奇的食物。他的鼻孔里塞满烟草③，穷得揭不开锅的日子——这是最常见的事儿了——他就用甘蔗糖

---

① 一种药用植物。
② 哥伦比亚港口。
③ 这里指鼻烟，起源于美洲。

浆拌木薯粉，然后把整个脸都埋到碗里，舔得一点都不剩。每当船只到港，全体船员就去和生不出孩子的黑女人们跳舞，虽然只有丑得像魔鬼的娘儿们才来干这行，但这个地方太缺女人了。这些黑女人在修船厂的内港边有一所放着简陋单人床的木板房。胡安现在仅靠为到岸船只敲鼓，引领游行队伍，或在节日庆典上为沙球①伴奏的桑巴舞调音为生。他把微薄的薪水都花在了总督亲戚开的一家小酒馆里。这家酒馆紧邻着圣餐面包教堂，每个下午都买进品质最差的葡萄酒。但他在这里是买不到雷阿尔城的美酒的，也买不到产自里瓦达维亚②或卡萨利亚③的酒。现在他仰脖咽下的酒，就像金刚砂一样打磨着舌头，酸涩低劣不说，还贵得要命。所有卖到这个岛上的东西都这样。他的衣服烂了，武器生锈了，携带的文件也发了霉。每当有人横尸街道，成群的黑色秃鹰会把死者的肠子啄成五月十字节里到处散落的饰带。掉到海里的人会像《圣经》里的约拿一样，被一种大鱼生吞掉。这种鱼的嘴巴一直延伸到肚子上，人们把它叫作"鲨鱼"。这里还有护胸盾牌那么大的蜘蛛、足足八拃长的大蛇、蝎子，以及数不胜数的灾祸。于是，每当劣质红酒喝

---

① 拉丁美洲的民族乐器。
② 西班牙西北部城市，位于加利西亚。
③ 西班牙南部城市，位于塞维利亚附近。

上了头的时候，安特卫普的胡安就开始破口大骂那个婊子养的印第安人，就是他把自己拖到这片肮脏的土地上。这里出产的那点金子，早在几年前就全落到了少数人的手里。他大声哀叹自己的霉运，全身像火一样燃烧，皮肤胀得像掸落的红土。他两肋红肿，脾气暴躁，和邻居们一样作恶多端。一天晚上，他在掷骰子时趁着酒劲儿，与日内瓦人雅各布·德·喀斯特隆大打出手。他给了日内瓦人一刀，对方满身是血地倒在一个娘们儿的灶台上。胡安以为他死了，一见黑女人们边系裙子边大叫着从屋里冲出来，吓得魂飞魄散，赶忙解下拴在木栅栏上的一匹马，沿着造船厂的小道一路狂奔出了城。他向植满棕榈的小山包上跑去，在晴朗的白天，远远可以看见它蓝色的轮廓。翻过小山就是深山老林了，那里可以躲避总督的刑罚。

胡安骑了好几天的马，山路越来越崎岖，马掌都掉了。现在，他已穿过最后一片甘蔗林，右手边群山延绵，圆圆的小丘就像在杂草堆下睡着的大狗。一条小溪从山顶欢快地流下，溪水里有腐烂的种子和水果。溪流缓慢处生长着高大的海芋，黑眼睛的小鱼颤抖着身体逆流而上。逃犯胡安沿着溪流一路骑行。有些大树开着紫色的花，也有一些树生了病，树干的枝丫处有一个肿瘤般的白蚁窝，里面爬满了小虫。有些灌木长着洋葱一样的外皮，还有一些树上有大老鼠的窝。胡安把马拴在一棵海红豆树上，攀着巨大岩石到达山顶，再从另一侧的山坡下来。他一路前行，直到荆棘消失，脚下出现了一望无际的大海：海水没有泡沫，浪花经过一番震耳欲聋的搏斗，都死在椭圆的卵石下。午后时分，胡安抵达了一片铺满贝壳的海岸，一些彩虹色的囊状物晒死在烈日之下。另外还有缩帆架、茶色的香水瓶和像公牛一样咆哮的大号螺号。胡安含着眼泪，深深地呼吸着带着咸味的空气，感受凉爽海风的吹拂。这味道使他想起桑卢卡尔出发的那天，想起安特卫普鱼店上的那间阁楼。椰子树后响起了狗叫声，逃犯转过身来，看见一个大胡子男人正拿着火绳枪瞄准自己。

"我是加尔文教徒！"大胡子带着威胁语气说道。

"我杀过人！"胡安回答，他试图将自己放低到刚忏悔过最深重罪孽的人的水平。大胡子放下武器，看了他一阵子，然后叫了一声"葛洛孟"。一个脸颊上带着刀疤的黑人从树上跳下来，差点跳到胡安头顶上，然后一把扯下他的帽子，力气大得简直要把整个脑袋劈成两半。黑沉沉的夜色中，两人押着胡安一路前行。

七

六百名加尔文教徒在佛罗里达被残忍的梅嫩德斯·德·阿

维莱斯 ① 砍了头。大胡子一边义愤填膺地说着，一边用宽大的拳头捶着桌子。葛洛孟则在石头上磨刀霍霍。这个大胡子是胡格诺派 ② 教徒，也是热内·德·洛多尼埃 ③ 的同伴，他和三十个人一起，奇迹般地逃出生天，大家在来伊斯帕尼奥拉岛的路上走散了。大胡子诅咒着宿命教义，此举伤害了基督徒胡安 ④。他详细描述着屠杀的细节，比如高高低低的断头台，裂口的军刀砍了一半脖子就卡在那里了，后来一刀一刀地从脊柱最上部砍下去，才把脖子全砍断，那声音就像肉铺老板的餐叉一样。安特卫普的胡安带着厌恶的表情低下头去。他觉得，只因为没有充分地用拉丁语赞美上帝和耶稣就受此酷刑 ⑤，也太重了些。更何况这些受害者确实没有惹任何麻烦。有人被一刀砍掉了脑袋和左肩膀，"另一个人已经没了头，还在爬，脖子已经成了酒囊颈。"大胡子怒气冲冲地说着。他只等胡安反驳，不管他怎么说，葛洛孟都会一刀宰了他。但是安特卫普的

---

① 西班牙海军上将，探险家，第一个到达佛罗里达的西班牙人，后来在洛多尼埃建立的卡洛琳堡与法国新教徒交战，将其消灭，并占领卡洛琳堡。

② 法国新教徒中的一派，深受加尔文教义影响。反对国王专政，曾遭迫害，1802 年才获正式承认。

③ 法国胡格诺派教徒领袖，为逃避宗教迫害，带领教徒们逃往美洲，并在佛罗里达建立了法国新教徒的基地——卡洛琳堡。

④ 胡格诺派是基督新教的一支，而胡安信奉的是天主教，两派当时势同水火，胡格诺派在法国遭到了天主教的屠杀。

⑤ 加尔文教义为法语，当时的胡格诺教徒多用法语传教。

胡安却真心觉得此言不虚。他在佛兰德斯见过活埋女人，也见过上百个路德教徒被活活烧死，他甚至亲自往火刑场里添过柴，亲自将那些女人推下活埋坑，这一切使得他以不同的方式来看待问题。这可能是他一生中最后一个下午。在这个新世界中，犁和皮革是新鲜玩意，橄榄和葡萄是宝贝。这里的黑人不称呼圣徒的真实姓名，宗教裁判所对他们对异教偶像的崇拜置若罔闻。混血儿们唱着印第安人的阿雷托歌曲，僧侣们花言巧语把印第安姑娘们骗到他们的屋里，九个月后，魔鬼的嘴里就诞生出神父。裁判所也是形同虚设。而那一边的旧世界里，人们争论着神学、启蒙和道成肉身，他觉得这都是好事。那里的异教徒企图煽动各省独立，推翻天主教的捍卫者——号称"白日恶魔"的菲利普国王。如果阿尔瓦公爵把大胡子判处火刑，那是极好的决策。但是在这里，大胡子成了逃犯，而胡安自己因为犯下的罪责，也成了逃犯。加尔文教徒和一位犹太新基督徒一起逃亡，那犹太新教徒新得连洗礼都忘了。他们两个是从哈瓦那逃出来的，起因是告发主教以次充好，把薄板圣体匣卖给教区教堂牟利——最恶劣的是，明明卖的是便宜货，主教竟然要求用金子付款，为了验证成色还用牙咬。就这样，胡安与加尔文教徒和犹太人混在一起，逃避当局的惩罚，他在这里收获了男人的友谊和女人的热情。当葛洛孟领着一群奴隶从甘蔗园逃出来的时候，不少奴隶被猎狗追上，就做了庄园主的刀下鬼。而女人们因为逃在前面，都顺利进了山。现在，安特卫普的胡安成了鼓手，有两个黑人姑娘侍奉。只要他有那方面的需要，就同她们交欢。其中一个姑娘身材高大，胸脯饱满，头发梳成八道，他管她叫堂娜①曼蒂卡。另一个身材矮小的姑娘有着唱诗椅般高翘的臀部。她头发稀疏，不像那些基督徒女人那样浓密，胡安管她叫约萝法。堂娜曼蒂卡和堂娜约萝法说着不同的语言。当她们把树枝穿过鱼鳃，放到架子上烤的时候，也从不互相说话。大家就这样过活，他们腌制野猪肉或鹿肉，在房顶下储藏印第安人的玉米棒。时间仿佛静止了，昨天和明天都是一个样。树木的叶子整年不落，人们靠影子的长短计算时间。下午时分，这片荒凉的逃亡之地便蒙上了一层深沉的悲伤。每个人都好似在回忆什么或是怀念什么。炊烟缓缓漂浮在平静的海面，仿佛带着庄园味道的雾气。只有黑女人们在歌唱。安特卫普的胡安摘下帽子，面向潮水，回肠荡气地吟诵着主祷文和教义，他坚信对有罪者的宽恕，肉体的重生和生命的永恒。大胡子加尔文教徒在远处轻声念着《日内瓦圣经》②

---

① "堂娜"是西班牙语中对贵族女性的尊称。
② 1560 年在日内瓦出版的英文《圣经》，也是第一个为每章经文分节的版本。日内瓦也是当时加尔文新教派的中心。

里的某一节；犹太人背对着赤身裸体的堂娜曼蒂卡和堂娜约萝法，朗诵着大卫的圣诗，抑扬顿挫的音调仿佛压抑的哭声："仁慈恩典的主，不轻易发怒，怜悯众生……"月亮升起在海上，荒地里的狗群伏在沙滩上一起嚎叫。浪潮把鹅卵石冲到岸边的空穴里。祈祷完毕的犹太人揭发加尔文教徒在玩纸牌的时候暗耍花样，于是三个人挥起拳头，倒在地上扭打成一团，甚至都要拔刀相向了，还好他们没有带。可随后他们又和好了，大笑着掏弄出塞满耳朵的沙子。他们没有钱，就用贝壳作赌资。

八

但是，在不知过了几个月之后，胡安便患上了忧郁症。堂娜曼蒂卡和堂娜约萝法举着大叶子替他驱赶附近丛林里飞过来的小虫。印第安人在海边洞穴里点燃松明，捕来美味的海鱼送给他。安特卫普的鼓手胡安长时间地叼着骨头做成的烟斗，沉浸在对往事的回忆中。他记起当年和军队的旗手、号手和黄杨木笛手一起进城的情景。绿色的窗子一路打开，窗子的遮光板上雕刻着心形图案，女人们从摆满鲜花的窗台上探出头来，罩衫的花边里袒露着粉色的酥胸——那才叫女人啊！意大利女人，卡斯蒂利亚女人，佛兰德斯女人。哪里像这里的黑婆娘，就像散发着煳味的酒囊袋子，浑身硬得捏都捏不动，简直就是母畜生。像他这样来自阿尔卡拉的大学生，是不可能去和这些丑八怪谈论自己在闯荡世界的旅程中看到和学到的万事万物的，她们只会野蛮地敲着铃鼓，千篇一律地唱着古怪的小调。葛洛孟把音调调到最适合她们嗓子的音域，但她们还是咿咿呀呀唱得如丧考妣。大学生胡安牵着狗上了山，借以发泄心中的厌恶。胡安念过大学（大胡子和犹太人是这么说的），学过"四艺"，会弹奏钢琴、竖琴和比韦拉琴，知道如何变调、转调、断音与和音。他还记得圣歌的唱法和管风琴的弹奏方法。虽然在大洋这边，既没有钢琴也没有比韦拉琴，但他还是通过讲解和自哼自唱，证明了自己对帕凡舞①是多么精通，或是能用眼下宫廷里流行的法国或意大利的华丽花腔，把《科罗拉公爵》或《看我如何哭泣》唱得多么美妙动听。这些才艺也提高了逃犯胡安的生活地位。现今他的父亲成了一位绅士，因为不愿拆掉祖宅而过着穷且益坚的生活。从那所宅院的门廊上——就像从这儿到那棵大树那么近，人人都往那儿看——依稀可见圣依德尔方索皇家大学的正门。鼓手胡安绘声绘色地讲述着学生时代的历历往事，每天都重复，每天都更加夸张。如果他提到自己当过

---

① 一种简单庄重的慢拍舞，风行于16、17世纪的欧洲贵族圈，当时跳这种舞是身份的象征。后来渐渐衰落。

兵，那必是为了履行自己为国王效忠的誓言。家里的祖祖辈辈都坚守着这样的承诺，他们的丰功伟绩可以追溯到查理曼时代。胡安如此这般地炫耀着自己的家谱，觉得虽然咽下了这么多难吃的蛤蜊、乌龟和加尔文教徒做的烤肉，心里却好受多了。他的味蕾近乎痛苦地渴望着美酒。他在脑海里描绘着一幅静物画，画上有巨大的餐桌，上面摆满了石鸡、阉鸡、火鸡、牛蹄、大孔奶酪、腌肉、奶糖酱和阿尔卡利亚的蜂蜜。但是，在这个逃犯聚集的荒村里，胡安并不是唯一萎靡不振的人。不像那些黑人和印第安人，因为逃脱了庄园恶犬的追逐，在这里过得十分滋润，女人和母狗都在不停地生育。犹太人怀念着托莱多的犹太区，许多年前，他曾在那里过着平静的日子，那时候人人都能快乐地参加乐声不断的婚礼，或是聆听学者朗诵经文，而不必害怕家人会遭受血泪的迫害。犹太人闭上双眼，仿佛又看到故乡窄窄的街道，那里有灯匠和刀匠的作坊，还有卖杏仁面包和裹糖香橼的蛋糕店。那些表面上皈依基督教的犹太父母依然让儿女们学习犹太教典，还沿袭祖制，传授给他们某项手艺。所以，如果你没像莫赛表哥那样制作天平，那就像伊萨克·阿方达利那样，做珊瑚雕工和纸牌画师，再不然就像他另一个表哥玛纳亨那样成为著名银匠，或是像他另一个亲戚拉庇·尤达一样，当个治溃疡的外科大夫。犹太哭丧妇靠在基督教徒的葬礼上唱歌维持生计。在事务所和商店里，噼噼啪啪的算盘珠子如同美妙的音乐一样响个不停。犹太人怀念着他的居住区，大胡子则怀念着巴黎。虽然他自称是巴黎本地人，但实际上出生在鲁昂①的郊区，只在夏特勒监狱脚下的一艘木驳船上当过八天见习水手。但是，八天时间足以让他在美轮美奂的桥上欣赏喜剧演员的表演，在孟福孔的绞刑架下深思一切成空的滋味，以及在马格莱娜教堂和穆拉街上的小酒馆里举杯痛饮了。他坚称什么地方都比不上巴黎，他痛恨眼前这片满是禽兽的糟烂地。人们听信了骗子的谎言，吃尽苦头来这里寻找金子，结果连金黄的麦穗都没看见一颗。他还说起金发的姑娘、沸腾的苹果酒和在葡萄藤火苗上烤得汁浓油亮的肥鹅，说得鼓手胡安的肚子咕咕直叫。他斥责葛洛孟懒惰，因为他隐约听葛洛孟说起过，自己身上的烙铁印记玷污了家族的门面，所以抱怨他为什么不多说一点。每个人都出身不凡。黑人只记得，家乡有一条宽广浑浊的大河，河岸边是用马粪和泥土堆起来的茅草屋。他说起自己的父亲头上戴着羽毛冠子，坐在白马拉着的车子上出行，就像节日里梅地纳·西多尼行驶在塞维利亚林荫大道上的马车一个样。大家待在螃蟹堆里，心绪低沉地做着美梦。螃蟹

---

① 坐落在塞纳河边的法国古城，距巴黎一百多公里。

们一边滚着干瘪的椰子，一边玩弄着从海边树上掉下来的紫色小果子。人们早就厌倦了木薯粉和玉米酒，这种带着些许葡萄味道的小果子激起了他们对美酒的贪婪。每个人都梦想着不现实的事情，就算洪水暴发，新一轮的灾难降临，也不减神圣的渴望。胡安被身边围绕着的大群嗡嗡作响的黑蚊子搞得气急败坏，他一边跺脚一边叫喊，猛拍着脸颊打蚊子，结果双手沾满了自己的血。一天清晨，他打着哆嗦醒过来，脸色蜡黄，胸口火烫。堂娜约萝法和堂娜曼蒂卡为他上山采药——为了得到其中一些草药，还需要去拜求森林神——那是这片既无法律又无道理的土地上的又一个魔鬼怪胎。但是，除了喝下这些草药汤剂外，胡安别无选择。他躺下睡觉，希望睡着了能好受点，却做了一个可怕的梦。在他的吊床前面突然矗立起孔波斯特拉教堂，尖尖的塔顶直冲云霄。在他混沌的意识中，那教堂是如此高大，连钟楼都隐没在云彩里面。空中盘旋的秃鹰不再拍打翅膀，它们任风吹动，宛如黑色的十字架飘浮在天宇上。这是个不祥之兆。圣雅各之路在"荣耀之门"①的顶上延伸，尽管是白天，繁星却耀亮如天使的桌布。胡安仿佛灵魂出窍，看到了另一个自己。他正独自一人走近这座神圣的教堂。很奇怪，在

---

① 孔波斯特拉大教堂的正门。

这座朝圣者之城里，他竟然孤独如斯。他身穿贝壳斗篷，在灰色的石头路上拄着拐杖。但是教堂的大门为他关上了。他想进去，却没有办法。他敲门，却无人理会。朝圣者胡安匍匐在地，祈祷着，呻吟着，用指甲抓着那扇神圣的木门。他就像中邪了一样在地上蜷缩成一团，乞求人们让他进去。"圣雅各！"他抽泣着，"圣雅各！"他的声音被苦咸的海水噎住，海岸出现在眼前。他乞求人们让他登上一艘停泊着的运输船，船上其他的乘客看着他，就如看着一根腐烂的树桩。看到胡安号啕不止，葛洛孟不得不用藤条捆住他的身体，让他死人一般躺在吊床上。下午，他睁开了眼睛，发现荒村里人声鼎沸。一艘在百慕大折断桅杆的航船在海岸对面的暗礁上抛了锚。海风吹来水手们求救的声音。葛洛孟和大胡子推着小船下了水，犹太人把双桨扛在身上。

九

那个清晨，泰德峰 ① 的影子倒映在天空上，整座山仿佛笼罩在蓝色的雾霭中。大胡子知道自己的旅程很快就要结束了。

————————

　　① 加纳利群岛上的山峰名称。

一路上他假装成基督教徒，宣称自己是拿着国王许可证（他向别人保证，一到目的地就证明给他们看）去西印度群岛的勃艮第人。大加纳利群岛与英格兰和佛兰德斯有贸易往来，不少信奉加尔文教或者路德教的船长都到此地卸货，从来没人询问他们信不信宿命教义，行不行四旬斋戒，或要不要便宜的教皇谕旨。因此，大胡子觉得自己很容易就能混进城去，再经加纳利岛逃往法国。他心照不宣地看了胡安一眼，感谢他没把两人心知肚明的事情说出去。不久之后，他就可以品尝到期待已久的滨豆凉拌肉和盐水奶酪了。在海那边的荒村里，堂娜约萝法和堂娜曼蒂卡哭得泪水涟涟，与其说是悲伤，倒不如说是绝望。当别人得知她们是那位绅士世家子弟的情妇的时候，几乎把她俩当作黑人中的卡斯蒂亚贵妇一般尊敬。胡安刚一上船就觉得百病全消。这艘船将在桑卢卡尔停靠，在那里，他会重新穿上凉鞋，拿起朝圣者的拐杖。一诺千金。正是因为自己没有实现朝圣的誓言，才遭遇了这么大的灾祸。现在，在经过了几个星期的海上航行之后，他很快就要再次踏上仁慈和真理之地了。此刻他心中欢愉的感觉，就同当年在巴约讷的医院里沐浴后的那个下午所感受到的一模一样。突然间他想到，有了在印第安群岛的这番经历，他也算个印第安人了，等到下了船，他就要变成"印第安人胡安"了。就在这时，他听到海员们在船尾一阵喧哗，心想他们一定是在为即将靠岸而欢呼雀跃呢。于是他跟在大胡子后面朝着那个方向跑了过去。但是那里发生的并不是什么好事。水手们正团团围住犹太人，对着他拳打脚踢。有人一脚把他绊倒在地，拼命摇着他的后脑勺，逼迫他双膝跪下。"先念《天主经》，"他冲着犹太人大叫，"先念《天主经》再念《万福马利亚》①"！胡安得知，水手们从几天前就盯上犹太人了。他们从厨师那里打听到，此人借着给他打下手的由头偷走了一些面粉，然后烤了一块没放酵母的面包②。今天是星期六，他们又发现他早早起床沐浴，还穿上了干净的衣服③。"《天主经》！"大家齐齐怒吼着对他挥起拳头。犹太人被眼前的一切吓得目瞪口呆，他一边呻吟一边求饶，但是没人听。在挨了一顿打结麻绳的暴打之后，他开始喃喃自语，可他吟诵的既不是《天主经》也不是《万福马利亚》，而是大卫圣诗。在海那边的荒村里，他每天都要把这首诗吟诵三遍："仁慈恩典的主，不轻易发怒，怜悯众生⋯⋯"还没等他念完，一干人都扑上前去对他连踢带踹，还有人跑去找脚镣。正当犹太人戴上镣铐，吐出被棒子打掉的牙齿的时候，大家又冲着大胡子去了。他们把他堵到船舷上，

---

① 《天主经》是基督教的祈祷词，《万福马利亚》则是天主教的祈祷词。
② 犹太教的传统节日"逾越节"规定，节日期间禁止食用面包在内的一切发酵食品。
③ 星期六是犹太教的安息日。

说他是路德教的海盗。大胡子反唇相讥，坚决不承认他们的指控，还威胁说要去事务所抗议。船长一时不知如何是好，只得先让大家安静下来。因为心存怀疑，他觉得最好还是把这个假冒的勃艮第人扭送帕尔玛法院，把西印度群岛通行证的事情搞清楚为妙。大胡子面色铁青地戴上手铐，犹太人在一片怒骂声中被押走了，脸上还被泼了好几桶脏水，浑身血肉模糊，鲜血淌了一路。胡安眼睁睁地看着他被拉到下面的船舱里，门一关，他最后的呻吟也听不见了。胡安这才知道，加纳利群岛以前曾是摩尔人和改信基督教的犹太人的乐土，也曾是信仰路德教的水手和商人们的福地。但正因为这样，如今这里才成了天主教捍卫者的前哨。这些捍卫者的代表是一位恐怖的宗教法官，他任职的法庭在帕尔玛建立了绿十字宗教裁判所，专门抓捕船队里所有形迹可疑的水手。那里的牢房里关满了来自荷兰和英国圣公会的船长，他们都将在异教徒行刑处 ① 接受死刑。葛洛孟蹲在桅杆下面，像得了热病一样瑟瑟发抖。他害怕被人问起，在主人的庄园里（他皮肤上清楚地印着庄园的标记）向耶稣祈祷的时候，为什么不用西班牙语呼唤救世主的名字，而是用自己的语言歌颂他，还在脖子上挂了那么多玻璃珠子。胡安拍着

---

① 天主教会本身并不处决由宗教裁判所裁决的罪犯，而是将他们送交异教徒处决所执行死刑。

黑人的肩膀安慰他，就像安慰一条忠实的狗。因为害怕别人听到，他不敢直说，宗教裁判所是不会浪费柴火去对黑人实施火刑的，他们只烧死那些熟谙阿拉伯语的博士、博闻强记的神学家、新教徒，再就是那些在荷兰船只停靠的港口散发异教禁书的人，那本禁书①查得很严，书名好像叫什么《疯狂赞美诗》，或者是《疯子赞歌》之类的。现在已经临近三一节②了，这是宗教法庭宣判的好日子。印第安人胡安仿佛看到犹太人和大胡子分别穿着黑色和黄色的悔罪衣，衣服的前胸和后背都绣着圣安德雷斯的红色十字架。他们先是在旗帜下接受祝福，然后就骑上驴子，在那些为了获得四十天的宽恕而远道而来的人的叫喊和嘲笑中，同其他异教徒一道被押往火刑场。他们手中高举着异端在逃犯们的肖像③，这些肖像将同他们一起葬身熊熊火海中。

十

某个赶集的日子里，印第安人胡安正在一条小巷尽头大

---

① 文艺复兴时期人文主义思想家和教育家、鹿特丹人伊拉斯谟的名作，今译《愚人颂》。

② 又称"圣灵降临节"，复活节过后第五十天开始。

③ 中世纪的火刑往往会烧毁在逃异端分子的画像，从而象征性地将他们烧死。

声叫卖两条肚子里塞满秸秆的鳄鱼。他嘴上说这鳄鱼是从库斯科带回来的，实际上却是从托莱多一个放债人那里买过来的。他的肩膀上爬了只猴子，手上停着只鹦鹉。一吹玫瑰色的大海螺，葛洛孟就如同宗教寓言剧中的撒旦一样，从深红色的盒子里钻出来，向人们兜售裂口的珍珠、治头疼的石头、羊驼毛质地的绶带、铜箔耳环和其他来自波托西的杂货。黑人一笑起来就露出两排磨得尖尖的牙齿，面颊上还按照故乡的习俗刻了三道疤痕。他抓着一面铃鼓忘情舞蹈，仿佛连腰都要扭断了一样。连圣马利亚拱门边上叫卖猪下货的老婆娘都丢下摊子跑过来看热闹。布尔戈斯现下正流行萨拉班德舞、几内奥舞和恰空舞，很多人都为他喝彩，怂恿他再跳一个来自新世界的新曲式。但在这时，天下起雨来，大家都跑到屋檐下避雨。印第安人胡安在一家酒馆里遇到一个也叫胡安的朝圣者。朝圣者胡安披着贝壳斗篷，刚从集市上过来，他来自佛兰德斯，正要去圣雅各还愿，在鼠疫肆虐的日子里，他曾发誓要到那里朝拜。印第安人胡安从桑卢卡尔下船的时候，本也打算拄着朝圣者的拐杖，带着葫芦去还愿，但他在雷阿尔城脱掉了圣袍。因为那一天，葛洛孟搞到了一只猴子和一只鹦鹉来帮自己卖掉集市上的便宜货，他向胡安证明，兜售新大陆的新鲜玩意儿，两天挣来的钱就足够他们享受整整一个星期的美酒和姑娘了。这里有些姑娘就喜欢葛洛孟这样壮实的身板，黑人极度渴望尝尝她们白色肉体的滋味。相反，当某个有着唱诗椅般高翘臀部的姑娘从胡安的身前经过的时候，他却兴致全无。现在，葛洛孟掏出手帕为猴子擦身子，鹦鹉停在酒桶边上昏昏欲睡。印第安人胡安要了瓶酒，就对朝圣者胡安吹起了牛皮。他说那里有一眼神泉，驼背瘫痪的老头进去泡一下，白发立刻就变黑了，皱纹也消失了，一身的病也没有了，骨头也灵活了，浑身的力气足可以使一个舰队的女武士怀孕。他还说起佛罗里达的琥珀，还有弗朗西斯科·皮萨罗在别霍港看到的巨大雕塑，还有在印第安发现的人头，牙齿有三根手指那么大，只有一只耳朵长在后脑勺上。朝圣者胡安微微有点醉了，他对印第安人胡安说，这些奇闻逸事已被从印第安回来的人说滥了，现在早就没人信了。人们不再相信"青春永驻泉"，在瞎子们叫卖的单页歌片里唱着的美洲鹰，好像也不是真的。现在让人感兴趣的地方，一是奥美嘉王国里的马诺阿城，据说那里的金子比船队从西班牙和秘鲁带回来的都多；二是波多西——这片土地位于神奇的波哥大，它是自然界最大的奇迹；三是马拉尼翁河口，那里有盛产珍珠的岛屿，豪哈般富饶的土地，那里的奇迹比我们已知的更加伟大；另外就是那个伟大的海军上将①

————————————————

① 指哥伦布。

（他去年给费尔南多国王写的那封信，现在人尽皆知）宣称他在某处望见的人间天堂，那里有乳头形状的群山。据说有个德国人，带着一个天大的秘密进了坟墓。他知道一座王国，那里连理发师刮胡子的碟子、做菜煮菜的饭锅、马车轮箍和油灯都是金子做的。现在还在敲锣打鼓，号召人们去开拓新的伟业……但是，印第安人胡安打断了朝圣者胡安的话，告诉他，像皮萨罗那样漂洋过海征服美洲，已经不是最佳选择了。如今在西印度群岛发财的人，都具备敏锐的嗅觉、精准的判断和高人一等的能力，他们对西班牙国王的命令、教士们的唠叨和主教的怒吼都不怎么理睬。那里的宗教裁判所很温和，他们只想着在火盆上加热美味的巧克力饮料，而不是在火刑场上烧死异教徒……这里敲响的锣鼓并不能带来财富，海那边的锣鼓才是值得听的。那鼓声召唤着新来的人去建造宏伟非凡的庄园。那里没有这么多战乱，那里的医生知道一种神奇的科学，他们使用印第安人的草药正骨，还用它们治疗野兽的咬伤。

十一

第二天，朝圣者胡安把斗篷上的贝壳送给了昨晚一起共度良宵的姑娘。他把圣雅各之路抛在脑后，直奔塞维利亚而去。印第安人胡安跟在他身后，不停地咳嗽着。他吹了山风，患了感冒。当他躺在一家小旅馆的小床上发抖的时候，心里无比想念堂娜约萝法和堂娜曼蒂卡硬邦邦的皮肤下蕴藏的炽热。他望着雾蒙蒙的天空呼唤阳光，得到的却是一场大雨。雨点落在灰石和硫磺石的高原上，全身淋湿了的绵羊挤在一眼绿色的泉水旁，蹄子陷进漂白的土里。葛洛孟光着脚跟在后面，用斗篷包住他的猴子和鹦鹉，戴着草帽，顶着刺骨的寒风向前走。他们在巴利亚多利德看到一处散发着恶臭的火刑场。那里烧死过一位贵妇人，她的丈夫是皇帝的重臣，路德教徒们常聚在她家里做礼拜。到处都散发着煳肉的味道，还有烧焦的悔罪衣味、被烤熟了的异教徒的肉味。从荷兰和法国一路传来囚徒的哀叫、被活埋者的哭号、屠杀时的骚乱，还有那些尚未出生就在母亲的子宫里被刺穿了身体的胎儿的血泪控诉。有人说，血与泪的新时代已经开始，也有人宣称，《启示录》里的"第六印"已经开启①，太阳将如同黑色的硅袋子一样沉下去，全世界的国王、王子、富人、领袖和权贵们，以及所有的奴隶和所有的自由人，都将到山林

---

① 指《圣经·启示录》里七印中的第六印。七印象征世界末日，必须由耶稣亲自开启。第六印预示着自然界的大灾难，大地强震、宇宙崩溃、群星坠落。

的洞穴里避难。但是，在更遥远的雷阿尔城，人们有点变了。大家很少谈论佛兰德斯的事情，反倒全都在关注塞维利亚的消息。离家出走的儿子，把生意转移到卡塔赫纳的铁匠铺老板，又一个在利马发达了的家伙。有些村民举家离开了。采石场主带着工人走了，穷绅士带着马和仆人也走了。胡安和葛洛孟的脚步轻快起来。他们在路途中第一次置身于一片橘子园。园子四周还有紫色的茄子、铜色的香瓜，它们的外围是一片西瓜地。他们又看到销售白葡萄酒的小酒馆，还有那些有着深褐色或生梨肤色的黑姑娘，她们的臀部像唱诗椅一般高翘。带着咸味、沥青味和树脂木板味道的海风吹过，起锚的港口上人声鼎沸。当两个胡安和戴项链的葛洛孟一起来到征兵处时，他们完全是一副流浪汉的模样。航海圣母看着这号人物在自己的神坛前双膝跪下，不由得皱起了眉头。

"圣母，就让他们去吧！"西庇泰和莎乐美的儿子圣雅各，一想到上百座新城市正需要这样的无赖，如是说道，"让他们去吧，他们到了那里，也算实现了朝拜我的诺言。"

魔王总是狡猾无比。在这里，他化装成衣衫褴褛的瞎子，用一顶大草帽遮住头上的犄角。布尔戈斯的大雨一停，他就跳上一把长椅，在集市熙攘的小巷里，一边用长长的指甲弹拨着比韦拉琴，一边放声高唱着：

骑士们，抬起头

穷绅士，挺起胸

贫苦人，好福音

同是天涯沦落人

大家一起去淘金

塞维利亚黄金港

十艘大船要起航！

头顶苍穹上，群星光芒璀璨，银河澄白如练。

其他故事

昏暗的祭典 ①

一

今年不是个好年头。虽然没几个人意识到这一点，但城市
已经不一样了。物体不再准确无误地倒映在楼上，相反，影子
们倒有脱离原来物体的倾向，就好像它们很讨厌似的。迅速增
生的苔藓染黑了屋顶。一夜之间，新生的潮气剥落了廊柱的外
皮。露水腐蚀了阳台栏杆的钉子，脱漆的栏杆上满是裂缝。四
周有些异常。院里的红脚鸽子摇摇摆摆地散步，一声都不叫，
好像要把翅膀藏进口袋里似的。教堂钟声也喑哑下来，大钟就
像木头一样，被一月里突如其来的大雨泡鼓了。蛀虫和白蚁从
未走过这么长的路程。唱诗班在祭奠中用假声演唱。水果多汁

---

① 原文题为 Oficio de tinieblas，指天主教在复活节前三天下午举行的熄
灯仪式，在拉丁语中为 Tenebrae。仪式进行到最后，教堂中会渐次熄
灭烛火，教徒们拍打长凳，纪念耶稣受难时发生的天黑和地震的异相。

却无味，已经没人相信它们是甜的了。藤花不再往树上攀援。所有不是白色的东西都在旺盛地生长。柜子里新娘礼服的花边上布满霉菌，天上的云彩盼着黑夜到来，它们将追逐着纵帆船一路奔向大海，直到消失在孤独的海湾里。

眼下的圣地亚哥就是这么一番情形。恩纳①将军的葬礼正在举行，全城到处都是十字架，还有穿着衬衫、带着金银袖饰参加葬礼的人们。

二

黑人乐手潘秋把大提琴顶在头上，四平八稳地走在去教堂的路上。琴身上的清漆在阳光下闪闪发亮。他不时伸出食指，拨动粗糙的琴弦，回应他的是一声低沉的音符。圣地亚哥的大提琴弦曾经一度缺货。为了演奏《特里皮里》的旋律，人们只能用玻璃把山羊毛磨细了当琴弦用。但是，从那时候起，铁娘子号就时常到港停靠。潘秋拨动的是音调最高的那根弦（他可真是个傻大个儿），这根弦是用上好的羊肠做的，因为天气炎热，听起来分外高

---

① 指马努埃尔·恩纳，殖民时期驻守古巴的西班牙将军，1851年在镇压叛军时阵亡。次年8月20日，古巴圣地亚哥城发生了一场大地震，这也是本文的历史背景。

昂。音符充满了整个大街，人们打开窗子探出头来，连运煤马帮里的骡子都竖起了耳朵。

潘秋来到圣器室，把他的大提琴倾斜一下，才通过那扇狭窄的门。另一个乐手一边不耐烦地等他，一边拿着松香擦琴弦。他伸出灵活的食指为四根琴弦定音，把琴颈顶上的弦轴拧得吱呀作响。潘秋的大提琴从他头顶掉下来，一只腿连蹦带跳地跑远了，潘秋好奇地跟在它后面。他闻到了焚香的味道。教堂中殿里坐满了达官显贵和摇着花边扇子的贵妇人。黑色的丝绸翻领在葬礼帷幕下泛着铅灰色的光。神父走近灵柩，整个乐队开始奏乐。一缕阳光透过高高的窗户，停在铜质的小号上。低音管手看到指挥的手势，把手中的乐器放到嘴边。定音鼓长时间地敲响，连祷开始，低音部合奏起《最后审判日赞美诗》的变调。突然间，马刀出鞘的声音齐齐响起，绸缎随风挥舞，污渍掉落前方。

潘秋离开了教堂。那场奢华的葬礼对他而言是太遥远的东西。他迫不及待地想去酒馆喝个痛快，花掉刚挣来的两个雷亚尔的金币。也许正因为这个，他没有注意到自己的影子还留在教堂里，就停在那片写着"尘归尘，土归土，一切皆空"的花砖上。它久久地停在那儿，直到葬礼结束，被成群的礼帽遮住才离开。它穿过广场，飘进酒馆。潘秋已经喝醉了，看到自己的影子又出现了，并没有感到任何惊奇。影子就像小猎犬一样伏在他脚下。黑人的影子总是那么百依百顺。

三

没有人喜欢作曲家阿奎罗的《影子》，一个人都没有。因为这是一首悲伤的舞曲，跳起来很别扭，总是在最热闹的晚会上大作悲声。

但是，突然间，这里到处充斥着《影子》的旋律，就好像乐队除它之外再也不会别的曲目似的。连黑白混血乐手组成的军乐队都在演奏它。露天音乐会上，游行队伍里，幽怨的曲调如同陈旧的旋转木马，周而复始地响个没完没了。重复来重复去，《影子》也变成了它自己的影子。不管人们不厌其烦地奏上多少遍，它的节拍总是磕磕绊绊地拉长，听上去就像葬礼进行曲一样。现在连钢琴家们也被传染了。少女们手指下的黄色琴键在钢琴的共鸣箱里填满了影子。还有人只为能够弹好《影子》，专门报考了音乐学院。就连那些尘封在阁楼上的拨弦钢琴、古典羽键琴和旧钢琴也中了它的邪。尽管没人弹奏，这些老古董还是用细若游丝的金属声唱着《影子》，相邻的琴弦因为年久失调，交响成一片杂音。柜子里的杯子、音乐时钟、管风琴音栓也都在歌唱着。

132

公园里笼罩着浓重的忧伤。来这里漫步的俊男靓女们，步伐越来越慢，连话都不想说了。整个城市的大街小巷里，二百架黑色钢琴在齐奏《影子》，蛇形管和低音号用硬金属的声音为它们伴奏。有一只能把《影子》从头到尾唱下来的鹦鹉。鹦鹉的主人——理发师伊西尼奥打算把它送给伊莎贝尔二世，因为在它身上体现了新大陆的奇迹。可这只鹦鹉吃苦瓜的时候一个不小心，被活活地噎死了。

四

狂欢节到了。那是一个悲伤的狂欢节。化装的孩子们孤独地游荡在死寂的街道，阵雨冲散了游行的人群，面罩遮挡着闷闷不乐的脸庞，人们穿着宗教裁判所的长风衣。奔赴舞会的姑娘们没有情人，乐队无精打采地演奏，乐手们就像木偶剧演员一样呆板僵硬。做卷哨的纸张质量欠佳，纸壳做的短号吹奏出的声音就像火鸡的叫声一样刺耳。面具上浸染了肮脏的臭汗，在嘴唇上留下一股鱼尾巴的腥味。五彩纸带没能及时送到，商店里的假鼻子摆在那里很久了都无人问津。一个打扮成天使的孩子发现镜中的自己像个丑八怪，吓得放声大哭起来。

看到事情越来越糟，乐队的鼓手布尔格斯先生跑遍查卡拉区的家家户户，大声呼吁邻居们组建一支游行队伍。志愿者们在十字街角集合了，潘秋拖着他的影子，第一个前来报道。后来，伊斯德拉·米奈托、"猫头鹰"、"小木薯"和"哑嗓子的胡安娜"也来了。大家敲着三个铁皮牛奶罐，开始游行。总要唱点《影子》以外的歌吧。就这样，一曲小调突然飞上了屋顶：

哎呀，哎呀，哎呀，谁会为我哭泣？
哎呀，哎呀，哎呀，是萝拉呀，是萝拉！

布尔格斯组织的游行队伍向市中心进发。每经过一个街口，都有新的歌手加入进来。市议员、教友会理事、军官们、监狱看守、巴黎经济友好组织 ① 的很多成员，甚至圣地亚哥城的主教大人，都被吸引到阳台上观看。教堂的乐师无法加入队伍，就跺着右脚打节拍。夜幕降临，人们燃起一个巨大的灯笼，从波尼亚多港的高处都望得见。灯笼摇摇晃晃地停在屋顶边，停到小酒馆，然后又打着转儿飘走了，看上去就像四十年前盛大的歌剧舞台上常用的太阳道具。

几天之内，游行队伍就莫名其妙地壮大起来。当圣地亚

---

① 18世纪后半叶，在启蒙运动影响下成立于西班牙的非政府组织，旨在推动西班牙及其殖民地在经济、贸易、工业、农业等各方面的发展。

哥节到来之际，全城已经拉起十多支游行队伍。大家再也不唱《影子》了，响彻大街小巷的是那首新歌的旋律：

> 哎呀，哎呀，哎呀，谁会为我哭泣？
> 哎呀，哎呀，哎呀，是萝拉呀，是萝拉！

五

八月十九日，在诵经和冷餐后，剧场里人声鼎沸。诗人和音乐家各就各位，他们打着领带，穿着翻领礼服，衣冠楚楚地迎候观众。少女们穿着花边衣服，喷着香水来了。母亲驾车送她们，放下女儿后，就朝另一处乐队的舞台驶去。挥动的马鞭和不耐烦的马车激起阵阵喧嚣。马蹄踏在光滑的鹅卵石上，溅起的火星把马掌染成蓝色。整个圣地亚哥市的上流社会都赶来看彩排。修道院的女学生们担任临时演员，她们把台词工工整整地抄在自己的作业本上。《升入天堂》的女主角独占着化妆间。多少著名的女歌手，多少足可比肩伊萨贝尔·坎柏林诺的后起之秀，多少庄园主的情人和演员的夫人，都在这里脱过衣服。白瓷盘上还沾着鲜艳的胭脂，杯子里还留着乳香脂的残渍。在一面墙上，用红唇般的颜色涂写着一句脚夫的脏话，长椅上的丝绸垫子还带着凹痕，从深浅上看，躺在椅子上的绝不止一个人。

提词员们悄悄离开包厢，《升入天堂》的彩排开始了。明天，这出戏将会正式演出，为当地的医院募集善款。虽然是八月，天气却很凉。包厢里太昏暗，没有人发现，墙上的蜘蛛正如失去节奏的钟摆一样在诡异地晃来晃去。

六

八月二十日，十点的弥撒刚刚奏完《神之羔羊》，教堂的两座塔尖突然相撞成直角。大钟塌下来，掉到半圆凹室的十字架上。转瞬之间，整座城市天翻地覆。屋檐砸向街道，楼房四壁纷飞，屋顶悬在半空，破裂的横梁剧烈翻滚。骡子沿着陡峭的街道一路滚下，浑身沾满黑炭，鞍架滑到了肚子底下，鞍带抽打着鬃毛。公园里的玫瑰先是飞上了天，接着又落到了变形的沟渠和小溪里。接下来是一阵地动山摇，大地如同被马蜂叮了屁股一样扭来扭去，道路弯曲错位，原本开裂的沟渠合拢了，原本严整的平地裂开了。人们大喊大叫，一边念着"黄铜圣母"①一边仓皇逃命。他们发现，街道除了某个少女的闺房或是某个公证处档案室这丁点儿的地方之外，已经全被封死，无路

---

① 古巴的守护女神。

可走了。第三波震动袭来，连家具都跳起舞来，柜子顺着楼梯扶手滑下，柜门敞开着，里面的床单桌布撒了一路。所有餐具同时粉碎，百叶窗里扎进玻璃。大地裂开宽阔的口子，把城市分裂成好几处孤岛。地缝里面塞满了梳子、带浮雕的宝石、年鉴和银版照相机，井栏崩坏，漫上来的井水朝港口涌去。

一切都结束了。鲜血开始在布料、丝绸和地毯上蔓延。一只链子完好的怀表又前进了一分钟，而那些毁坏停摆的钟表在一分钟前就不动弹了。人们直到这时才停稳脚步，意识到刚才发生了一场地震。不知从哪里飞来大群大群的苍蝇，它们贴着地面，低低地飞舞着。

七

影子们已经厌倦于一次次地发警告了。现在，它们决定离开这座城市。地震后的那个月，好几个过路人去过那眼被毁的喷泉。一个谁也不认识的陌生女人——也许是个外乡人——四仰八叉地死在喷泉池中的海王雕塑脚下，海豚 ① 雕像还在吐着浑水，浇灌着那些因为丧事而种植的晦气植物。城中各处每天

---

① 根据古希腊神话，海豚是海王的信使，故这里海豚和海王雕塑是一体的，都在喷泉池子里。

都要举行好几场葬礼。有些行人会突然倒毙街角，面色青紫，角膜发蓝。面包师傅已经死光，人们再也没有烘烤的食品可以享受。很多马匹孤零零地跑回家中，马蹄子踏着不祥的节奏。

但是，舞会还是照常进行。市长认为，最近出了这么多不幸的事情，搞得天昏地暗，所以还是不要再添烦恼的好。人们还在努力召集《升入天堂》的演员，希望能继续演出，为医院筹款。开始时，一切都很顺利。但是，当跳到第二曲"对舞"的时候，有两个演员开始在大理石地面上来回打滚。大提琴手摔出乐池，琴弓上满是白沫，琴弦绑在一只脚上。一只失去平衡的手抓起墙桌边上的一缕流苏，扯掉了覆盖在中国花瓶上面的天鹅绒布。

指挥还在继续打着《影子》的节拍，乐手们却早早收起乐器，吹灭谱架旁的蜡烛，向出口溜去。装着高大栏杆的楼梯上，一个个嗅盐瓶子摇个不停。参加舞会的贵客们呼唤着车夫，连声音都走了样。那天晚上，很多人离开城市，逃到最近的咖啡种植园里避难。但是他们可怕的热度留在了丝绒椅子上。空中的月亮泛着绿光，朦朦胧胧，仿佛穿了一件常春藤做的外衣。

八

没过多久，《升入天堂》的演员们就真的升入天堂。连公园里都建起了医院。经常有垂死的病人抱怨，玫瑰在夜里生长得太快，让人很不舒服。太多的尸体需要运到圣安娜公墓，连加纳利小贩的车子都被征用了。在去墓地的路上，大家总喜欢用挑衅的声音喊一嗓子：

哎呀，哎呀，哎呀，是萝拉呀，是萝拉！

霍乱并没减少潘秋的热情。现在他头上顶着的不是大提琴，而是尸体。出于习惯，他还在尸体上寻觅琴弦，但响起来的只是一阵腹鸣。看到别人的影子在高处穿行，潘秋无动于衷。影子们在空中飞舞，在街道的转弯处描绘变形的图案。潘秋没读过书，可正因为他是文盲，才懂得如何去解读某些字牌的意义。他通过墨水的颜色或字母的排列理解文字。当他看到《升入天堂》的海报时，便去向尸体致意。他认为这两者之间一定存在着某种神秘但确定的联系。

当"猫头鹰"和"哑嗓子的胡安娜"也死掉的时候，潘秋不再那么平静了。那一天，他把尸体背在身上，正打算抄个近道。但是，从墓地围墙上探出头来的向日葵却让他感到生命是多么美好。于是他一边走，一边悠悠地唱起那首歌谣：

哎呀，哎呀，哎呀，谁会为我哭泣？

哎呀，哎呀，哎呀，是萝拉呀，是萝拉！

十月中旬，伊斯德拉·米奈托、"小木薯"、布尔格斯先生，所有游行队伍的人都横七竖八地躺进了公墓。圣地亚哥街头的影子开始少了起来。

九

一天早晨，城里的一切都变了模样。孩子们在庭院里做起了游戏，铁娘子号扬着风帆驶进海港。穿白衣服的人们从船上下来，空气轻松了不少。钟声吓跑了停在街角的最后几只秃鹫，螺号声又响起来了。

十二月二十日，教堂举行感恩祈祷。风琴师正在全神贯注地即兴弹奏，突然间，他神色慌张地朝广场望去。那里咿咿呀呀地响起了《萝拉》的旋律。马车上，潘秋双腿肿胀，背面朝天地躺在草席上。慢慢的，风琴的音调起了变化。有人注意到，低音部分没有跟上礼拜诗的唱词。踏板影影绰绰，用迟缓的节奏演奏出"哎呀，哎呀，哎呀，是萝拉呀，是萝拉！"的主题。但是有点耳背的神父没听出来。他心想，一定是风琴师搞混了曲子，把感恩礼拜曲错弹成了复活节前夕演奏的《耶诞谣》。

亡命徒

一

目标在树底下消失了，可当微风吹过，爬在腐烂水果上的苍蝇嗡嗡乱飞的时候，还是能闻到一股强烈的黑人味道。但是狗——人们只叫它这个名字——有些累了。它在草地上打了个滚，伸伸后背，放松肌肉。黄昏降临，群狗的叫声慢慢消失在远方。它还能闻到黑人的气息，也许，那个逃奴就藏在大树上面，趴在枝条上，睁大眼睛，侧耳倾听。但是，狗已经不想再找下去了，因为它闻到了另一种味道，就在那片藤蔓地里，微弱得稍稍一蹭就会消失。那是母狗的味道。为了留住那股味道，狗弓起背，弯着腿，露出牙齿，短短的舌头垂向肩胛骨中间。

影子更加潮湿了。狗翻了个身，枕到自己的爪子上。甘蔗园的钟声缓缓敲响，它竖起了耳朵。山谷中，透过静止的蓝色烟雾，越来越多的影子隐约可见。红砖烟囱，宽檐房顶，教堂的高塔，还有看上去像从湖底发出来的光芒。狗饿了。远处传来母狗的气味，有时候还夹杂着黑人的味道。发情母狗的气味激起了狗自身的情欲，一发不可收拾。它直起后腿，挺起脖子，肚子紧贴在肋骨上，急促而渴望地喘息着。浸满阳光的水果成熟落地，发出一阵阵湿润的响声。温暖的果汁在地上蔓延流淌。

狗夹着尾巴，如同挨了主人的鞭子，拔腿就朝山上狂奔，就像只无头苍蝇一样横冲直撞。它闻到了母狗的味道，用鼻子追踪着那若有若无的痕迹。那味道时而原地徘徊，时而越阡度陌，时而在荆棘密布的金银花丛里变浓，时而在发酵泛酸的叶片中消散，而后又以不可思议的力量，重新浮现在一片被狗尾巴扫过的空地上。突然间，狗放弃了神龙见首不见尾的目标，径直向一只白鼬扑去。白鼬扑腾了两下，听上去如同一只放在手套里的响板。狗将它摔到树桩上，它的脊柱摔断了。狗突然停下，一只爪子停在空中。山中远远地传来一阵犬吠声。

那不是甘蔗园的猎狗。那叫声听起来远比猎狗粗野和尖厉。那是从喉管里发出来的声音，嘶哑无比。在某个地方正进行着一场激战，参战的公狗们不像它那样戴着铜质项圈，挂着带数字的牌子。这陌生的叫声听起来比一切声音都更像狼嚎。狗害怕了。它转过身往回跑去，直到月上中天。母狗的气味消失了，它闻到了黑人的气息。的确，正是那个逃跑的黑奴。他穿着带

142

条纹的衣服，脸朝下趴着，睡得正香。如果这是在有着砂锅和稻草床的甘蔗园里，狗早就随着黎明的口令，在阵阵的鞭笞声里扑上去了。但此时此刻，公狗们的战争还在山上继续。黑人身边扔着一堆啃过的排骨。狗疑神疑鬼地竖着耳朵，慢慢地走近，打算从蚂蚁那里抢点肉吃。山上的狗叫声愈发残忍，狗吓坏了，此刻和人类待在一起静观其变，反倒更加安全。终于，那可怕的叫声随着南风渐渐远去。狗在原地转了三圈，终于疲惫不堪地缩成一团。它做了个可怕的梦。天快亮了，梦中的黑人抱住了狗，就像一个风流浪子抱着女人。狗钻进他的怀里寻找温暖。人和狗在同样的噩梦里颤抖，他们已是不折不扣的亡命徒。

一只蜘蛛从树上下来，把一切都看得真切，随即又收起丝线，消失在巴旦杏树冠中。夜里，树上的叶子纷纷落下。

二

因为习惯，甘蔗园的钟声同时惊醒了逃奴和狗，他们这才发现昨夜和对方相拥而眠，一起吃惊地跳了起来。人和狗各自背靠着一根树桩，对视良久。狗自愿投靠新主，逃奴则热切地示好。山谷中热闹起来。用来催促黑人的钟楼响起了教堂里高贵的钟声，比原来的悠扬多了。生满铜锈的大钟在阳光和阴影下，在牲畜和骏马的嘶叫中一声一声地敲着，温和地提醒着那些睡在桃木床上的人。公鸡向母鸡大献殷勤，等着早早交配，也等着工头老婆过来摸那些还没下出来的蛋。孔雀激动地冲着农舍开屏，每开一次，嘴里都咕咕地叫个不停。榨糖厂的骏马绕着四周长途奔跑。黑人们围聚在盛满面包和甘蔗汁的砂锅前面，开始祈祷。逃奴解开裤带撒尿，在吉贝树下溅起一堆泡沫。狗把爪子搭在柔软的番石榴树上。砍甘蔗的时辰到了，庄园里追逐逃奴的猎狗们晃动着身上的锁链，正等着被人牵到糖厂去。

"你跟我走？"黑奴问道。

狗顺从地跟着他。如果它现在反悔，回到山下的甘蔗园，会遭受太多鞭子和铁链的惩罚。它不再追逐母狗，也不再追逐黑人，反倒对白人的气味更加警觉。因为那味道充满危险。那是工头的味道（尽管他身上的薄衬衫上留着熨过的淀粉味，脚下厚重的猪皮鞋带着刺鼻的鞋油味），是庄园里小姐的味道（尽管她们身上满是香水味），是神父的味道（尽管他们身上带着蜡油味和香灰味，把教堂里讨厌的阴影都熏得那么清幽），也是风琴师的味道（尽管他身上落满了从风箱里掉落的带着虫蛀的毛毡片）。现在，对狗来说，白人的味道是需要躲避的味道。它已经完全倒戈了。

三

　　起初，狗和逃奴都怀念那些衣食无忧的日子。狗怀念午后糖厂成桶的肉骨头，逃奴想念祈祷后，或是周日看管铃鼓时成桶的菜豆饭。他们曾经在没有钟声和拳脚的白天一气睡到日上三竿。可后来，为了吃饱饭，还是得天不亮就出发去打猎。狗在雪松的枝叶间闻到了硬毛鼠的气味，逃奴用小石子将其拿下。有一天，他们一连几个小时追逐野猪的足迹。那头猪的耳朵都被狗叫声震聋了，可还在负隅顽抗。最后，他们终于把猪围在松树底下，一顿乱棍打死。慢慢的，狗和逃奴都忘记了那些准时吃饭的日子。他们抓到什么猎物就吃什么，每一顿饭都狼吞虎咽，尽可能地往肚子里多塞东西。因为明天也许会下雨，山上的积水可能会沿着石缝流下来，把山谷填平，这样他们就什么猎物也抓不到了。好在狗学会了吃水果。每当逃奴找到芒果树或苹果树的时候，狗嘴上也沾满了黄色或红色的果汁。除此之外，狗还是个掏鸟窝的行家里手，经常为主人叼来一窝鹌鹑，作为对那些味道怪异的对虾的回报——在布满贝壳化石的河床里，有一个地下暗河的出口。逃奴总爱去那里捕捉逆流而眠的对虾，并把这心爱的美味与狗分享。

他们住在山洞里，洞外茂盛如树木的蕨类植物严密地遮住了洞口。石钟乳上的水珠在一片阴暗中均匀地落下，滴滴答答好像时钟在走。有一天，狗开始在墙脚上挖洞，突然挖出一根大腿骨和几块肋骨。这些骨头因为年代久远，早就没了味道，只在它的舌尖上留下一大团泥土。紧接着，狗又为正用蛇皮做腰带的主人叼去一块骷髅头。逃奴被家里的死人吓坏了。尽管洞里还留着点能派上用场的碎陶器和石刮刀，他还是当天下午就离开了。天下着雨，他念念有词地祈祷着，带着狗在树根和种子堆里过夜，人和狗都淋成了一身臭味的落汤鸡。早晨，他们找到另一处山洞，洞顶很低，逃奴必须匍匐着爬进洞去。但此处至少没有人骨头。那玩意儿没有丝毫用处，只能吓唬人并招来不吉利的鬼魂。

光阴荏苒。很长时间都没人搜捕他们了，于是，人和狗又踏上了冒险之路。有时候，路上会有眼熟的车夫、穿基督袍子的圣女，或者弹吉他的乐手经过。逃奴和狗躲在远处，静静地看着他们，从这些人身上熟悉了每一个村子的模样。逃奴无疑是在等待什么，他经常脸朝下趴在几内亚草丛中，一连几个小时注视着这条人迹罕至、连只牛蛙都能一跃而过的羊肠小道。而狗只顾消遣，不是和成群的白蝴蝶嬉戏，就是蹦蹦跳跳地追逐那只总也抓不住的、浑身闪闪发光的小蜂鸟。

有一天，逃奴正趴在地上等待着还未到来的目标，突然听到一阵铃声。他站了起来。一辆马车飞快地驶来。拉车的是庄园里一匹黑白相间的小花马。马车夫格里高利站在车辕上，把马鞭挥得噼啪直响。他身后坐着一位神父，手里摇着临终祈祷用的铃铛。狗已经很久没和马儿赛跑取乐了，它一时冲动，不顾一切地从斜坡上猛冲下来。狗身形瘦长，皮毛在阳光下泛着蓝光。它追上马车，在小花马旁边不住地号叫，忽左忽右、忽前忽后地绕着马车打转，冲着车夫和神父龇牙咧嘴。小花马被狗激怒了，它晃着眼罩，扯着笼头，撩开四蹄狂奔起来。突然间，缰绳断了，车辕裂开。车夫和神父吓得呆若木鸡，两人一头栽到小石桥上，鲜血流了一地。

逃奴一路跑来，狗跪地求饶，逃奴挥着藤条刚想抽它一顿，却又停住了。他忽然想到，这桩意外也许不是坏事。于是他收起神父的袍子和衣服，也收起车夫的外套和靴子。他掏遍每一个口袋，一共找到五个杜罗①。他还拿走了银子做的小铃铛。两个小偷逃回山中。当晚，逃奴穿着神父的袍子，开始梦想那些早已忘记的快乐。他想起村里最偏僻的几座房子，在那里，布

---

① 西班牙硬币。

满了昆虫尸体的煤油灯一直亮到很晚。他得到过两次圣诞节的赏钱，可以随便花掉。他理所当然地把这笔钱花在了女人身上。

四

天亮了，人和狗都情欲萌动。狗醒过来，后腿间紧得厉害，眼睛里带着怨愤的神情。虽然不觉得热，它依然伸出锋利又柔软的舌头，气喘吁吁。逃奴自言自语。彼此的情绪都坏透了。他们没心思打猎，早早地上路了。狗到处乱跑，徒劳地寻觅着某种味道。它拍死那些恶心的昆虫，带着破坏的快感，把麦穗嚼得稀烂，把灌木连根拔起。看到一只蟾蜍正向自己翻白眼，它终于火冒三丈。而逃奴还在焦急地等待，就像从来没有等过人一样。

但是，那天路上没有一个行人。夜幕降临，第一群蝙蝠飞上天空，就如同田野上扔出去的石子。逃奴慢慢地朝庄园里的农舍走去，狗跟在他后面，和主人一同面对鞭子和铁链的危险。他们顺着河床慢慢走进茅屋。他们闻到了久违的气味，那是木炭、糖浆和马蹄的气味。空气中浮动着一股果酱的甜香，有人正在烹制番石榴酱。他们继续向前，逃奴俯下身子，和狗肩并着肩，头碰着头。

　　突然，从通往铁匠铺的小道上跑过来一个黑人女工。逃奴扑上前去，把她按倒在罗勒丛中，用粗大的手堵住了她的嘴巴。狗独自前进，径直走到糖厂边上。那里有一只英国小母狗，是堂马尔夏从巴黎博览会上带回来的。小母狗想逃走，却被截断了退路。狗从头到尾，毛发倒竖，浑身散发着强烈的雄性气息。一番欢好之后，小母狗全然忘了，就几个小时前，自己刚用卡斯蒂亚的香皂洗过澡。

　　狗直到破晓才回到山洞。逃奴身上盖着神父的袍子，睡得正香。山下，两只海牛在河里的灯芯草丛中嬉戏，它们又蹦又跳，搅浑了河水，在淤泥上留下一团一团的泡沫。

五

　　逃奴越来越大胆。他常去农舍那里转悠，任何时候都不放过那些独自出门的洗衣姑娘，或是为了驱魔，出来寻找铁线蕨、金雀花或仙影掌的女信徒。有天晚上，在路上一家小酒馆里，他壮着胆子用神父的钱买了酒喝，打那时起，他就对金钱起了贪欲。他不止一次把村里的农民拖下马来乱棍打晕，抢走他们的腰带。狗一直陪着他打劫，并全力相助。但是，狗的食物却大不如前了，它从未像现在这样渴望鹌鹑、秧鸡和草鹭。而逃奴则天天提心吊胆，草木皆兵，哪怕听到最轻微的狗叫声，他都要伸手去摸抢来的砍刀，或者直接爬到树上去。

发情期一过，狗越来越不愿意到村子周围去了。那里有太多的孩子冲它扔石子，太多人拿脚踹它。院子里的狗一闻到它的气味，就像宣战一样地叫个不停。每天晚上，逃奴都摇摇晃晃地回来，狗从他的嘴巴里闻到了烟草的气味。所以，每当主人走进昏暗的屋子里的时候，它总是小心地在远处等待。日子就这样过去，直到有一天，逃奴在屠宰场的女工那里待了太久，突然间，一群男人拿着明晃晃的砍刀包围了屋子。一眨眼的工夫，逃奴就被押到街上。他赤身裸体，不断地哀号着。狗一闻到工头的气味，就立刻沿着甘蔗地的小路逃回山上。

第二天，狗在路上看到了伤痕累累的逃奴。他的伤口上撒了盐，脖子和脚踝上都套着铁链。四位圣费尔南多的宪警押着他，每走两步就给他一棍子。在他们眼中，这个黑奴是小偷、酒鬼、婊子养的贱货。

六

狗蹲在山谷上方一块突起的岩石上，向着月亮哀号。月圆

150

时分，看到模糊清冷的银光照在草木上，它时常会感到一股深沉的哀伤。对它而言，雨夜里照亮山洞的篝火再也不会有了。严冬临近，尽管神父的长袍还留在这里，它却不会再和谁相拥取暖，也不会有谁帮它摘下脖子上的铜铃（这极度影响它的睡眠）。它不停地打猎，却不再捕捉那些不好吃的东西。它放走了在发热的石缝里找到的大蛇，甚至都没叫一声。因为逃奴已经不在了。现在没人怂恿它去捉住那条蛇，也没人等着用蛇皮做腰带，或者用蛇油做药膏。其实，狗讨厌蛇的气味。它以前捕蛇，只是出于对相依为命的主人的责任。同样，除非饿得受不了，它也不会再去捕捉野猪，倒是对水鸟、白鼬、田鼠，以及从附近村子里逃出来的母鸡更感兴趣。狗已经把甘蔗园忘到了脑后，庄园的钟声对它毫无意义可言。它在人迹罕至的地方栖身，那里有大片的龙血树，风一吹就沙沙作响，还有兰花、藤蔓、蚯蚓和白耳朵的绿蜥蜴。那里的动物都很难吃，也正因为如此，大家才相安无事。现在，狗瘦得皮包骨头，腹部的肋条清晰可见，腿毛上沾满了没有刺的蓟藜草。

圣诞一过，又是春天。一天下午，在一股奇怪的骚动下，狗再一次闻到了母狗神秘的气息。这气味如此浓烈，如此刺激。当年它正是因为这样的气味才逃进深山。也就在这时，山上传来了群狗的叫声。这一次，狗游过河去，坚定不移地追逐着母狗的行踪。它鼻子贴着地面，嘴角流着唾液，无所畏惧地追了整整一夜。黎明时分，母狗的气息布满了整个山谷。一大群野狗出现在它眼前，有几条公狗像狼一样凶悍。它们挤在一起，两眼放光，浑身紧绷，随时准备发动进攻。母狗的味道就来自它们身后。

狗一跃而起，野狗们向它扑来。在一片混乱的号叫声中，双方厮打成一团。突然传来了铃铛的响声。群狗的嘴巴上沾满了血，有些狗的耳朵都被撕裂了。狗的喉咙被咬得鲜血淋漓，却依然无畏地向那条最老的对手扑去。其他的狗暴跳如雷却又无可奈何，它们开始退却了。狗冲到战场中央，为争夺那条长着硬毛的灰母狗进行最后的决战。灰母狗龇着牙在外面等待，腹部的阴影里散发着雌性的气味。

七

野狗总是结群狩猎，寻找肉多骨头多的大家伙。它们需要耗费几天的工夫才能捕到一头鹿。捕猎的第一要务是追击。其次，如果猎物跳过山洞逃之夭夭，它们就从小道包抄。如果猎物躲进山洞里不出来，它们就实施包围。受伤也好，摔倒也罢，猎物终究逃不掉葬身狗腹的命运。它们还没有断气，就被群狗拔去了身上的鬃毛。接着,恶狗们会咬断它们的脖子,撕下一只耳朵,然后痛饮刚从动脉里喷出来的带着温热的鲜血。很多野狗都被长矛刺瞎了一只眼睛。每只狗的身上都布满疤痕、伤口和外翻的红肉。发情时节,它们互相攻击,母狗们带着不可思议的漠然神情,安卧着等待最后的战果。有时候,甘蔗园的钟声会随风而至,但狗早就把那些前尘往事抛到脑后,什么也记不起来了。

有一天,野狗们正像往常一样,在布满了藤蔓、荆棘和毒草的森林里觅食。空气里飘来了黑人的味道。它们小心翼翼地沿着蜗牛丛生的羊肠小道前进,一块死人脸模样的巨石横在路边。人类经常会在路边丢下骨头和剩饭。但是野狗们必须小心防范这些最危险的敌人。他们只用后腿走路,被解放出来的双手上经常拿着木棍或是其他武器。狗群停止了号叫。

突然,出现了一个人,从气味上判断,是一个黑人。他的手腕上挂着一副断裂的铁链,随着脚步叮当作响。还有一副更粗重的铁镣拖在条纹裤脚的边上。狗认出了逃奴。

"狗!"黑人兴奋地大喊,"狗!"

狗慢慢地走近,闻着他的双脚,却不去触碰。它摇着尾巴绕着逃奴打转。他一叫它,它就跑远。他不叫它的时候,它又似在寻找一个人类的声音。它仿佛有点听懂了,却又觉得那声音是如此陌生，并在危险地提醒它去服从命令。最后，逃奴向前一步，伸手去摸狗的脑袋。狗突然发出一声诡异的号叫，叫声里夹杂着愤怒和疯狂。它跳起来，一口咬住了黑奴的脖子。

狗突然想起来了，有一天，庄园里的工头下过命令，让它去抓捕一个逃往深山的黑奴。

八

母狗的味道消失了，平静的日子降临了。野狗们美美地睡了两天。空中的秃鹫绕着树枝盘旋，期待它们能够留下点残羹冷炙。狗和灰母狗从未这样高兴过。它们围在逃奴身边，撕扯他的条纹衫取乐，证明自己的牙齿是多么坚硬。它们把布料一撕两半，在尘土中滚成一团，然后重新再来。布片越撕越碎，两条狗四目相对，鼻子碰在一起。终于，出发的时间到了。群狗的叫声消失在葱郁茂密的山顶上。

直到很多年后，那条堆着白骨和锁链的小道，还是让走夜路的猎人心惊胆战。

先　知

……有洪水覆盖大地①……

一

黎明的水面上百舸云集。上游源头不明的暗河与右手河的水流交汇在一起，形成了广阔无垠的深潭、湖泊和内海。艘艘小船沿着各条水路迅速驶来。水手们划着桨，纤细的船体鲜艳夺目，企图挤进别的船只已经停靠的位置。这么多艘船排成一串，甲板靠着甲板。满船的乘客从船头和船尾跳下来，大家一边装小丑、说笑话、做鬼脸，一边向并不欢迎自己的地方走去。那是敌人的部落——双方互相抢夺女人、偷窃食物，已有上百年的历史了。可眼下谁也不想打架。大家把争吵抛在脑

---

① 此句原文为拉丁语，源自《创世记》。

后，尽管还没张口，却已带着轻松的微笑用目光致意。他们是花皮山人和石里山人。过去——两个、三个、四个世纪之前，双方是势不两立的死敌，经常拔刀相向，斗得你死我活。有时甚至自相残杀到连个证人都不剩的地步。但现在，小丑们用树脂把脸抹得油亮亮的，从一条船跳到另一条船，炫耀着因为服用鹿角而分外发达的阴部，铃鼓和贝壳响板挂在睾丸上晃个不停。刚到的人们也被这和谐安宁的气氛感染了。他们把精心准备的武器拴在细绳上，藏在触手可及的船舱里，随时准备拔刀出鞘。所有一切——聚集的船舶也好，化敌为友也好，放肆的小丑也好——都是因为他们得到了消息，连河那边的部落、没有国家的部落、没有火焰的部落、善于走路的部落、多彩山上的部落、远方汇流处的部落都知道了，他们的长老需要人帮忙去完成一项宏大的任务。不管是敌是友，大家一直爱戴阿马里瓦克长老①，因为他博闻强记，无所不知，德高望重，常给人金玉良言。他能用法力将三块巨石运到山顶，当打雷的时候，人们都把它们叫作"阿马里瓦克的铃鼓"。阿马里瓦克不是完美的天神，却是一个智者，知道很多凡人无法知晓的事情。有时候，他甚至可以和伟大的蛇祖对话。蛇祖是众神之母，卧于群山之

---

① 阿马里瓦克（Amaliwak）长老的形象源于加勒比土著部落传说中的造物神 Amalivaca。

巅，身形随着峰峦的轮廓延绵起伏。她可怕的儿女们掌管着人类的命运，他们通过巨嘴鸟彩虹般美丽的嘴喙送来幸福，也通过珊瑚色的毒蛇（它们小巧的脑袋里藏着剧毒）送来灾祸。近来有人开玩笑说，阿马里瓦克因为上了年纪，总是自言自语，不是满口胡话地自问自答，就是对着水罐、篮子、拱门上的木头说话，就好像这些东西是真人似的。但是，只要这位"三铃鼓长老"一声召集，就说明要出大事了。也正因为如此，在那个早晨，这片由源头不明的上流河流与右手河交汇所形成的深潭，一改往常的平静，挤满了远道而来的独木舟。

阿马里瓦克长老登上了巨大的讲坛——一处浮出水面的浅滩，周围鸦雀无声。小丑们回到自己的小舟里，巫师把没聋的那只耳朵转向他，侧耳倾听。女人们不再用圆石头打磨金属。最远处的那排船只上的人，看不清长老是不是真的衰老了，他们只能看到一个昆虫一样的小小人影，在浅滩最高处做着手势。长老抬起手来，开始演讲。他说，人类即将面临一场大灾，今年，连蛇都在树上产卵。他还说，尽管不能告知具体原因，但为了避免更大的不幸发生，大家最好逃到山上去住。"那里寸草不生。"一个带着挖苦的微笑倾听长老演讲的石里山人，听到旁边的花皮山人对自己如是说道。左边来自上游的小舟上有人大叫起来："我们划了两天两夜的船赶过来，就是为了听你说这个？""究竟发生了什么？"右边的船队也跟着叫起来。"总是让弱者思考！"左边的人喊道。"实话实说！实话实说！"右边在大声嚷嚷。长老再次举起手来，小丑们不作声了。长老重申，虽然自己洞悉未来，却没有权利泄露天机。他现在急需人手和劳力，在最短的时间内把大树砍倒。这里玉米遍地，木薯粉满仓，他将以这两样东西作为大家的酬劳。在场的人，以及随他们而来的孩子、巫师和小丑，从今往后想要什么都应有尽有。今年——说到这里，长老的音调有点奇怪和沙哑，让熟悉他的人吃了一惊——不会有饥荒，大家在雨季里也不需要吃地里的虫子充饥。但是大家的确需要把树木干净利落地砍光，把树根和大大小小的枝丫全部烧毁，只留下完美无缺的树干。大家要把这些树干加工得干净、光滑，就像那边竖着的铃鼓一样（长老边说边指着那个方向），还要用滚木或船只把它们运到那边的空地上堆积起来——长老指向一片广袤的天然平地——在场的每一个部落的工作量都会用石子计数。长老的话说完了，大家不再叫嚷，埋头苦干起来。

二

"长老疯了。"当人们得知长老要用砍好的树干组装一条人类无法想象的巨大航船（至少是一个很像大船的东西）的时候，花皮山人如是说，石里山人如是说，瓜依波和皮亚罗阿人如是说，所有参加砍树的人都如是说。这是一艘荒唐的大船，根本没法漂浮。从"三铃鼓山"的悬崖上一直被推到河边，船舱里还带着可移动的隔断，叫人完全摸不着头脑。另外，这艘船足有三层，最顶上还有一间覆盖着四层甜棕叶子的屋子，屋子的四面都有窗。从这艘船的吃水深度看，就是把此地的水量以及那些沙滩洼地和若隐若现浅滩上的水都算上，也载不动它。最奇怪也最不可思议的就是这一点：这个龙骨、构架、航海装置一应俱全的大家伙，看上去明明是一条船，却永远都无法航行。可它也不像是庙宇，因为神灵们都供奉在山顶的洞穴中，那里还有远祖们画上去的动物、狩猎场景和胸脯高耸的女人。长老真的疯了，可大家全靠他的疯劲儿过活。木薯和玉米足够吃的，连大缸里发酵做玉米酒的玉米都绰绰有余。人们就在越长越高的大船的阴影下面举行盛大的晚会。现在，长老又开始用一种从生着肥厚叶片的树上滴下来的白色树脂，修补某些没有拼接好的树干间的缝隙。夜幕降临，众人一起围着篝火跳舞。巫师们拿出大鸟和魔鬼的面具，小丑们扮演鹿和青蛙。部落之间也有争论、责骂和口水仗，但是君子动口不动手。又有新的部落赶来帮忙，整个事件完全成了一场狂欢。直到有一天，阿马里瓦克长老在大船最高的舱顶上放上花枝，宣布造船工作大功告成。每个人都公平合理地分到了木薯粉和玉米，每个部落都带着依依惜别之情踏上回家的路。一轮圆月照着这艘前无古人的荒谬大船。它虽然有着船的外表，却是栋地面建筑，永远不能航行。阿马里瓦克长老在铺着四层甜棕叶子的屋顶上一边行走，一边专注地做着手势。万能的神祗正在对他说话。于是，长老打破了未来的界限，窥到了天机。"人类将重新繁衍，女人们把棕榈种子抛向身后。"伟大蛇祖的声音不时响起，温柔中带着毁灭一切的恐怖，歌唱般的话语足以让鲜血结冰。"为什么是我？"阿马里瓦克长老思索着，"上天为什么选我去宣布这可怕的咒语，为什么选我去承担这样的重任？"一个好奇的小丑留在晚开的船上，打算看看这艘大船上会发生什么。当月亮消失在附近的群山时，咒语响起来了，耸人听闻，匪夷所思，裂石穿云的声音根本不像是从阿马里瓦克长老嘴里发出来的。就在此时，伐木之后还留着的植物、树木、土地和砍掉的树枝，都开始行走起来。各种生灵跳着，飞着，爬着，跑着，挤着……向着大船奔去。苍鹭漫天飞舞，把黎明前的天空染成白色。吼叫声、厮打声、哞哞声、喵喵声、跑跳声、怒号声、抵角声不绝于耳。动物们摧枯拉朽，惊天动地地冲向大船。那里早已经被天空中疾飞的鸟儿和各类顶着犄角的走兽围得水泄不通，后者炀着蹄子，迎着风龇牙咧嘴。随后，水上和陆上的爬行动物也蜂拥云集。大蜥蜴、变色龙、会用尾巴奏乐的小蛇（它们不是化装成凤梨，就是把全身套上琥珀和珊瑚的镯子）都赶过来了。人类和红鹿没有事先得到通知，直到午后才姗姗来迟。迟到的还有乌龟，因为这段旅途对它们而言实在太艰苦，再加上眼下正是它们的产卵期，耽搁了行程。等到最后一只乌龟上了船，阿马里瓦克长老才关上舱门，来到最顶层。整个部落里的女人都在这里——与其说是部落，不如说是家族。因为长老的部落已经内部通婚十三年了。女人们正围着旋转的石磨唱歌。那个下午，天空一片漆黑，仿佛四周漆黑的土地升起来，与天空对接成一团墨色。全能的神祇在黑暗中发话了："捂起耳朵！"阿马里瓦克刚刚照办，一阵惊天巨雷就劈头盖脸地砸下来，可怕的巨响滚滚不绝，把所有动物的耳朵都震聋了。大雨倾盆而下。这不是寻常的降雨，而是天神在发怒，如同一道无边无际的水墙从天庭浇下，又好似水做的屋顶在无休止地崩塌。长老在雨中无法呼吸，只得进到舱里来。舱顶已经开始漏水，女人在哭泣，孩子在尖叫，四周是没有尽头的漆黑，分不清白天还是夜晚。阿马里瓦克长老当然准备了火柴，如果都点燃，可以照亮一天一夜。但眼下绵绵无尽的黑夜，显然是他始料未及的。突然，船头剧烈地摇摆起来。在伟大的山神和天神的谕旨下，有一股力量在把这艘大船向上抬，向上举，向上推。这是阿马里瓦克永生难忘的一刻，他惊惧交加，四顾茫然。为了壮胆，他喝了整整一罐子玉米酒。紧接着，一阵低沉的冲击割断了大船和地面间最后一丝联系。船飘起来了，随着慢慢上升的水位，浮起在一片群山点缀的激流中。澎湃的水流发出巨响，把人类和动物都吓得面如土色。大船起航了。

三

　　一开始，阿马里瓦克和他的儿子、孙子、曾孙、玄孙们一起，分腿站在甲板上，大叫着试图控制船舵，却毫无用处。大船在风雨飘摇的群山中打转，虽然导航能力异常薄弱，但是在没有任何人力操控的情况下，安然无恙地冲过了一道又一道激流，躲过了一处又一处暗礁。长老从甲板上探出头去，看到大船正如离弦的箭一样，没头没脑地在无边无际、满是淤泥的水面上横冲直撞。（难道它是看天上的星星认路的吗？）高山和火山随着水位的上涨慢慢缩小，火山上只剩下往昔喷火的峰顶还露在水面上，流着岩浆的山体几乎看不见了。大船还在漫无目标地航行，时不时地原地打转，然后又飞一般地向着被洪水填平了的瀑布猛冲下去。就这样，在经过数不清的重关险道之后，昼夜不停地下了二十多天（阿马里瓦克算得很不准确）的暴雨终于停了。现在，人们置身于一片安静无垠的海中，水面上只能看到零星的几座山峰，海岸边堆积的淤泥足有上千拃高。大船不再摇晃，大概万能的神祇终于要歇口气了。女人们重新回到了石磨边上，底层的动物也安静下来。大家开始正常吃饭，尽管没有肉，只有玉米和木薯。筋疲力尽的阿马里瓦克喝下一大罐玉米酒，躺在吊床上一睡不起，直到三天后，才被一阵撞击惊醒。大船撞上了什么东西，既不是岩石，也不是森林空地上那些僵硬的老树干。很多东西应声而倒：罐子、器具、武器。但这撞击并不强烈，就如同两块发潮的木头碰在一起，或是水面上两根树干碰到一起那样，双方都受了点皮肉之苦，过后却还是并肩而行，如同夫妻那样亲密。阿马里瓦克登上舱顶，发现他的大船侧翼撞上了一个稀奇古怪的东西——那是艘骨架分明的大船，竹子做龙骨，灯芯草做帆。桅杆上悬着一面立方体形状的帆筒，就像茅屋里的烟囱一样，底下的风沿着这帆筒不住地往上吹。看到这艘黑漆漆的、没有一点生气的大船，阿马里瓦克长老以一个买罐子（当然是盛着玉米酒的罐子）的行家的眼光目测了一番，这船足有三百尺长，五十尺宽，三十尺高。"和我的船差不多大呢，"他自言自语着，"我的船是根据神谕所述的最大极限建造的。天上的神仙不懂航海的事。"这时，对面大船的舱门打开了，走出来一个戴红帽子的小老头，一脸怒气地大喊："怎么回事？我们难道没系缆绳吗？"他说着一种奇怪的语言，语调抑扬顿挫，一个字一个字地往外蹦。阿马里瓦克长老听得懂他说话。在那个时代，没有智者们听不懂的语言。阿马里瓦克命人放开缆绳，两船靠在一起，两位老者互相拥抱致意。对面的小老头有着黄色的皮肤，自称来自桑国，船里载着很多动物。他打开舱门请阿马里瓦克一观。舱内的木头隔断有些挡道。长老看到满船都是闻所未闻的稀奇物种。几只丑陋的黑熊向自己爬过来，他有点害怕。下面一层是带着驼峰的大鹿，还有总是蹦蹦跳跳、一刻也停不下来的叫作"豹猫"的动物。"您到此处有何贵干？"桑国长老问阿马里瓦克。"您又来做什么呢？"长老反问。桑国人回答说："我是来拯救人类和动物的。""我也是来拯救人类和动物的。"长老也这么说。桑国长老的女人们端来米酒。无需太多解释，两位长老彻夜把酒言欢。黎明时分，当他们还沉醉未醒的时候，突然一声巨响，一艘大船同时撞上了两人的船，激起一阵颤动。这是一艘大约三百尺长、五十尺宽、三十多尺高（其实是五十尺）的方舟，船顶上有一间四面都是窗户的舱室，还没等别人出来检查被撞坏的船头，一位留着长胡子、须发皆白的老人先走了出来，嘴里还念念有词地朗诵着几句写在兽皮上的话。他扯着嗓子，声嘶力竭地念着，生怕大家听不见，也没人去管船头的伤痕了。"耶和华告诉我，你要用歌斐木造一只方舟，分一间一间地造，里外抹上松香。方舟要分上、中、下三层。""我的船也有三层。"阿马里瓦克说道。但是，白胡子老人的声音还在继续："我要使洪水泛滥在地上，毁灭天下。凡地上有血肉、有气息的活物，无一不死。我却要与你立约，你同你的妻，与儿子、儿妇，都要进入方舟……""这难道不是我做过的事情吗？"阿马里瓦克继续说道。挪亚接着念道："凡有血肉的活物，每样两个，一公一母，你要带进方舟，好在你那里保全生命。飞鸟各从其类，牲畜各从其类，地上的昆虫各从其类。每样两个，要到你那里，好保全生命。""难道我不是这么做的吗？"看到挪亚念得如此傲慢自负，可他的神谕却和别人的毫无差别，阿马里瓦克自言自语地嘟囔着。但是，当挪亚从船上下来的时候，友情也在渐渐滋长。无论是桑国长老、阿马里瓦克，还是刚来到的挪亚，都是善饮的酒仙。他们各自拿出葡萄酒、玉米酒和稻米酒。觥筹交错间，彼此好感倍增。他们互相提问，一开始还有点不好意思。他们问起彼此的部落、女人和饮食。时而有细雨落下，但此时的雨，只是为了让天空更加明亮。乘着实心木船前来的挪亚提议大家做点什么，来看看是否所有的植物都消失了。他在平静却混着数不清的淤泥的水面上放飞了一只鸽子。经过漫长的等待，那鸽子衔回一条橄榄枝。阿马里瓦克长老则向水中放了一只老鼠，一番等待后，老鼠捧回一串玉米穗。最后轮到桑国长老。他放飞了一只鹦鹉，这鸟儿飞回来的时候，用翅膀带回了一穗稻穗。生命重回大地。只等着那些俯视众生的神祇从庙宇和山洞中降下神谕。洪水开始退却了。

四

时光飞逝。阿马里瓦克的万能蛇神、挪亚的耶和华（看来他曾与挪亚交流许久，他的神谕也比阿马里瓦克的清晰明白），以及桑国长老全知的天帝（他住在天宫，像水泡一样轻飘飘地飞来飞去），好久都没有发话了。三位船长有些茫然，待在船上无所事事。洪水退去，群山重新显露，山脉再次点缀在霭霭的云间。一天下午，船长聚在一起喝酒，以此打发心中的焦虑和困惑。正在这时，第四艘大船出现了。这艘船通体洁白，光洁的船舷上雕着精美的花纹，风帆的样式也是这里没有的。大船缓缓靠近，披着黑羊毛斗篷的船长自我介绍："我是丢卡利翁①，来自奥林匹斯山。我奉天神和光神之命，让人类在洪水过后继续繁衍。""可你的船那么小，如何装下动物呢？"阿马里瓦克问道。"动物们不归我管，"新来的船长回答，"当这一切结束后，我就和我的妻子皮拉一起拣石子。它们是大地之骨。我妻子会将石子抛向身后。每块卵石都会变成一个人。""我也会用棕榈种子做一样的事情啊！"阿马里瓦克说道。海雾升起来，大船离岸边越来越近了。就在这时，海面上又出现了一艘几乎和挪亚方舟一模一样的大船，眼看着就要撞上来了。多亏船上的水手技术熟练，最终把船安全地停到了旁边。"我是乌特纳比西丁②，"新船长一边做着自我介绍，一边顺势跳到丢卡利翁的船上，"我们的水神知道洪水将至，他让我建造一艘方舟，把家人带上去，把一切生灵各挑出几只来，也带上去。我预感到最坏的情况出现了，于是首先放飞一只鸽子，但当它返回的时候，没有带来任何有生命的东西。我又放飞了一只燕子，但也一无所获。第三次，我放飞了一只乌鸦，而它没有回来：这说明它找到了吃的东西。我确信，在我的国家——那个叫作'河口'

---

① 古希腊神话中普罗米修斯之子。宙斯为了惩罚人类，发洪水将其毁灭。丢卡利翁在父亲的劝说下建了一只方舟，和妻子皮拉成为唯一的幸存者。洪水后夫妻把"大地之骨"——石子——抛向身后，石子立刻变成了人，人类得以复兴。

② 《巴比伦史书》中的人物，水神恩奇告诉他洪水将至，并让他建造方舟，拯救家人和一切生灵。

的地方——已有人类生存。洪水在继续消退，现在是回家的时候了。洪水中堆积的大量淤泥将成为肥沃的土地，为我们带来好收成。"桑国长老也发话了："我们很快就要打开舱门，让动物们回到泥泞的牧场。物种之间将继续展开你死我活的战争。我没能拯救龙的子孙，没能完成这件荣耀的使命，因为我只找到一只公龙，没有找到母龙，所以龙就要灭绝了。它就住在北方，那里还生活着牙齿弯曲的大象和身材高大的四脚蛇——它们产下的卵就像芝麻一样。""我们需要知道，人类的情况是否已经好转，"挪亚接着说，"很多人可能逃到了山顶，在那里，他们也许会躲过一劫。"

　　船长们静静地吃着晚饭，每个人都感到一种难以言喻的悲哀。他们把悲伤留在心底，把眼泪吞进肚子里。那种天命所归、自诩为救世主的自豪感消失殆尽。现在他们知道，神灵其实有很多，每位神仙对自己子民都说着一模一样的话。"也许，还有更多像我们一样的船只会经过这里呢。"乌特纳比西丁苦涩地说道。"是啊，遥远的天边应该还有其他人类的先知正带着动物们一起航行。他们也许来自崇拜火和云的国度。""在工业发达的北方帝国应该也会有吧。"正在此时，阿马里瓦克的耳边突然响起万能神祇的声音："立刻离开其他的船，让你的船随波逐流！"除了长老，其他人都没有听到这条神谕。但是，所有船长都像听到了什么似的，立刻匆匆返回船上，甚至都没有互相告别。每条船都找到了属于自己的水流，这些水汇成河流的模样，载着大船出发了。转瞬间，周围只剩下了阿马里瓦克长老一个人伴着他的族人和动物。"世间有很多神灵，"他思索着，"他们的数量和部落的数量一样多。正因为如此，世间万物不可能和平相处，只能生活在对立和战争之中。"长老现在觉得，神灵也没有什么了不起的。但是他们交付的任务必须完成。大船终于靠岸了，长老走在妻子身后，女人手中拿着一个袋子，她从袋子里抓起一把棕榈种子，把它们从背后抛撒出去。奇迹发生了——种子立刻变成了男人，并迅速成长，成长，从婴儿到孩童，从孩童到少年，从少年到青年，从青年到成人。变成女人的种子也一样成长着。一个白天的工夫，岸上已经挤满了人。可就在此时，男人们开始抢夺女人，众人分成两派大打出手。战争开始了。阿马里瓦克迅速回到大船上，看着这些刚刚得救、刚刚成长起来的人类自相残杀。他们就在这片获得新生的海滩上，按照交战时的位置，分成了"高山"和"峡谷"两派。有人的眼珠掉下来挂在脸上，有人的开胸破肚，内脏露在外面，还有人被石头砸碎了脑壳。"我们的力气白费了。"阿马里瓦克长老一边嘟囔着，一边开动了他的大船。

避难权

受政治迫害者有去国外使馆避难的权利。避难国按照惯例、法律，并出于人道主义考虑，应予以接受。

——《泛美会议公约》第二章，哈瓦那，一九二八年

一、星期天

今天是星期天。总统及部长秘书在附近商场橱窗陈列的麦卡诺玩具前驻足良久，直到十点才到达米拉蒙特斯宫。今天——特别是夏天，大家不是去做弥撒，就是去海滩消磨时光。周末的时候，秘书几乎无法专注于那些重要的工作，比如起草措辞严谨的国书什么的，因为前来拜访总统的人士太多了：各国大使、佩戴着金银袖饰和勋章的军人、高官、外国友人、著名或者不著名的光头僧侣，以及偏僻省份前来要这要那的省长络绎不绝。有些访客提前预约过，但大多数人都不约而

至，军人们尤其如此。大家都期待与总统会面，就算见不到总统，也至少能与那位声名狼藉的副总统见面。后者总是带着彬彬有礼的喉音对访客们说："我会将阁下的意思转告总统。"但当他真见到总统时，说的却是："将军……他们找了几个意大利绝色美人儿！"（他做了个飞吻，合起右手手指。）"上帝保佑有产者！""我已经厌倦你上次找的那个风骚的本地妞了。"几星期前，总统曾经对他抱怨。"我们需要欧洲女人，优雅的，精致的，能说会道的……"秘书向花园探出头去。这是一座第二帝国风格的单层建筑，但最近几届总统，无论是民选的还是政变上台的，都不住在这里。这处陈旧的宫殿不但住起来很不舒服，而且处于附近炮台的射程内。一旦兵变发生，这可不是什么好地方。鼠[①]军士躲在黄杨木雕后面，手拿装生菜的湿茅草袋，给一只名叫克里奥佩特拉的乌龟喂食。"你看过报纸了吗？"军士摇着手里的报纸，"'希特勒向士兵们发话：你无需有心和神经。战争不需要这个。打消你的慈悲和同情心，杀死所有俄国共产党；不要因为你面对的是老人、妇女和孩子就手下留情。只有杀死他们，你才能活命，才能保证家人的安全，才能获得永远的光荣。'这些该死的！要我说，克劳塞维茨[②]的理论

---

① Ratón 是姓氏，该词本身在西班牙语中是"老鼠"的意思。
② 普鲁士著名军事家。

才是最厉害的。这个普鲁士人真是太伟大了！"秘书一直惊讶于鼠军士对克劳塞维茨的崇拜。在军士心中，此人是眼下这场科幻小说般的战争的鼻祖——烧红的战争机器开进城市，把房屋成片切断；起重机把建筑连根拔起，再把它们从高处扔向抵抗区的中心。喷火的枪筒，容纳三百人的进攻车——这就是克劳塞维茨发明的"总体战"。其实，关于这位战争大师的所有说法，鼠军士都是从另一个军士那里听说的，而后者又是从一个给中尉当副官的下士那里听说的。这个中尉有两本书：《战争论》和《滑铁卢之战》，还喜欢高声发表自己的看法。"克劳塞维茨比拿破仑还厉害！"——鼠军士继续给他的克里奥佩特拉喂吃的。秘书又一次纳闷起来：像鼠军士这样的人，怎么能对这场前无古人的总体战痴迷到这个程度？他是那么单纯善良，连自己的乌龟生点小病都会掉眼泪，不但经常自掏腰包为附近的孩子买锡兵玩具，还经常去教堂领圣餐。在阅读方面，《基督山伯爵》是他唯一的必读书，他把这书读了几百遍，对故事中的美人、冒险和爱情向往万分，因为这些东西满足了他对权力隐秘的渴望。另外，他这个刚获得低级军衔的小人物，还通过这本书学到了只有在波伊提乌 ①、爱比克泰德 ② 和马可·奥勒

---

① 古罗马斯多葛派哲学家，后因参与叛变被处死。
② 古罗马斯多葛派哲学家，出身奴隶，后来通过自己的努力成为哲学大师。

留 ① 的著作中才能学到的东西。但是另一方面，鼠军士醉心于毁灭一切的战争和残忍恐怖的杀戮。秘书由此想到本国和邻国的领土分歧。两国的国境是一片界限不明的热带雨林，只有在专业学术地图上才能标得清楚。这块边界的划定，无论在理论上还是实践上都矛盾重重。秘书预料，两国迟早要为此兵戎相见。"如果最坏的情况发生……"他继续思索着，脑海中浮现出一座兵工厂，《漫画》杂志（这本杂志被当地报社译成了西班牙文）中描绘的那些星际战争中的可怕武器，都会在工厂里生产出来。

　　秘书来到自己庞贝风格的办公室，拿破仑鹰旗下的墨水瓶边上放着几份文件，他匆匆审阅完毕，趁着鼠军士准备午饭的空当，在宫殿里闲逛起来。这里宽敞空旷，没有听差也没有卫兵，给人一种愉悦的孤独感。他穿过路易十五风格的大厅，那里有哥白林 ② 挂毯和镶金边的白色钢琴。废弃的总统起居室里摆着仿照埃斯科里亚宫 ③ 里的式样打造的家具。图书馆里收藏着蒙森 ④ 、迪吕伊 ⑤ 、米什莱 ⑥ 、切萨雷·坎

---

① 古罗马皇帝，斯多葛派哲学家，绰号"智者"。
② 法国宫廷布艺画。
③ 西班牙马德里附近的王宫。
④ 德国学者、法学家、历史学家、记者、考古学家、作家，诺贝尔文学奖得主。
⑤ 法国历史学家。
⑥ 法国历史学家。

图①、基佐②的著作，但从未有人翻过。理论上说，卧室是属于总统夫人的，一切装饰都很新潮。彩色的仙女捧着梳妆镜，屏风上装点着穆夏风格的画作，画上那些哭丧着脸、一边弹奏曼陀铃一边唱着歌的小丑，多少有点模仿奥布里·比亚兹莱的意思。屏风后是抽水马桶和私处清洗器。后者是四十年前从巴黎进口的，当时这件神奇的新事物招来了满城风雨。递交国书的会议厅则是复古的中世纪风格，装饰着胡桃木托架和武器盔甲。总统座位上方挂着华盖一样的挂毯，上面绘着在圣栎树下宣讲正义的圣路易斯……午饭好了，秘书来到餐厅，那里挂着人马神和酒神女祭司的画像，作者是本世纪初巴黎美术学院的优等生。还有一幅巨大的凯歌香槟酒瓶的油画，瓶盖朝天打开，商标清晰可见，各色天使像泡沫一样喷薄而出。秘书在餐桌的总统主座上坐下来。事实上，每当星期天，他都会觉得自己才是米拉蒙特斯宫真正的主人。有几次，为了体会权力的激情，他甚至把总统绶带披到了身上。"你知道街上都在说什么吗？马比央将军已经举兵造反了，城市里乱成一锅粥，现在需要发动总体战，国境线那边的人要是想动我们一下，就打他个片甲不留……"但是，秘书先生一言不发。他从衣服口袋里掏出一本

---

① 意大利历史学家、作家。
② 法国历史学家、政治家。

保罗·克利的小画册来。在所有的造型艺术家中，保罗·克利是他的最爱。

二、星期一

我从来都不习惯早起并重复那些千篇一律的程序。今天，昨天，二十年前，要做的事情都是一样的。你的容颜在镜子中一天天衰老，可刮胡子的动作和表情从未改变丝毫。你脸上那些讨厌的小坑还是那么难打理，现在牙齿也有点不听使唤了。从赤身裸体地躺在床上，到衣冠楚楚地走在街上，其间这套动作乃是约定俗成的习惯，对于总统及部长秘书而言，尤为如此。人是衣裳马是鞍，从呱呱落地开始，人类就在不断地变换衣装。这既是挑战，也是成长。各种各样的衣料总是与你在这世界上的经历紧密相连。从尿布到寿衣，人生就是一场从上衣到上衣、从礼服到礼服的旅程，直到最后的葬礼上，等别人为你穿上最后的衣冠入土为安。我还记得那身绿色的西服——它现在已经褪成黄色——那时候我还是个一文不名的穷小子。我也还记得那身英国产的蓝色双排扣西装，我就是穿着那身衣服迎来了事业最初的成功。还有那身运动服，那是向索尼娅表白的时候穿的；后来，我在她面前脱下了自己的灰上衣。她当时正一丝不挂地啃着桃子。还有许许多多件衣服，就如同陈年好酒一样，伴随着一桩桩的回忆。从出生到死亡，甚至死后，人类只不过是一把配着各色套子的雨伞。这些套子除了遮体，还决定着一个人的身份、才智和社会阶层。我走在去往米拉蒙特斯宫的路上，衣服上整整缝了十八颗纽扣（两颗缝在内衣口袋上，六颗在腰带上，三颗在上衣上，七颗在马甲上）。今天九点钟的部长会议将讨论与邻国的边界纷争。我来到米拉蒙特斯宫，被一件不起眼的小事吓了一跳。鼠军士斜佩着两排子弹带站在哨岗亭里，前门卫队的气氛有些紧张。卫队的前门也是整个宫殿的大门，在大街上就能望得见。这时，财政部长的捷豹汽车到了。卫兵们像平常一样，彬彬有礼地为他打开车门，可部长刚踏过门槛，就被他们粗暴地扭住肩膀逮捕了。坐着凯迪拉克汽车来的劳工部长遭遇了同样的命运。紧接着是卫生部长、内政部长、通信部长……鼠军士看到你了，朝你走过来："博士，你不进去吗？要开会了。"他边说边重重地在你的肩上拍了一下。"我就来，"你说，"我先去街角买包烟。""我替你买。""军士，"你的声音里充满威严，鼠军士有点懵了，"士兵在任何时候都不能擅离职守。你得重新看看克劳塞维茨，我看你根本就没好好读过他的书。"一番话说得鼠军士目瞪口呆，秘书借机向酒吧一角的杂货店走去。他能感觉到，鼠军士一直盯着自己，似乎很乐意扣下毛瑟枪的扳机，对自己警告一番。"酒吧没有通往其他街道的出口。"你自言自语。"给我一包切斯菲尔德香烟。"鼠军士的眼睛还在盯着你。你故意在他眼皮底下磨磨蹭蹭，借此拖延时间。"给我一杯汽水。"汽水是冰镇的，但你嘴上却说："水不够凉，给我加点冰。"你瞅见报纸上的标题写着："空军支持马比央将军。""警卫们也支持他了，"你嘟囔着，"再来一杯汽水。"正在这时，前门卫队里一阵骚乱。总统和总理一起到了。鼠军士一看来了大人物，激动地离开岗哨，拔腿朝宫中跑去。耳边响起一阵枪声——我后来得知，那是总统在做无谓的抵抗。你趁机从酒吧出来，一路小跑着冲进了纽约国家城市银行。那里人头攒动，谁也不知道五十米外的地方发生了什么事情。你转到附近的那条旧房林立的街道，你在此地无依无靠，唯一的办法是前往某个拉美国家的使馆申请避难。你想到漂亮的墨西哥使馆，那里有种着凤凰木的花园；你又想到委内瑞拉使馆，那里的图书馆很大，早餐还供应鸡蛋玉米饼。但是这两座使馆都太远了。你住在离米拉蒙特斯宫不过百米的地方，今天出门时，口袋里只带了一两个比索。另外，为了防止有人避难，马比央将军马上就会派兵把拉美各国使馆围个水泄不通。当你转过巴拉莫奇迹圣母教堂的时候（该圣母掌管所有伟大奇迹），突然在一所简朴的三层小楼前停了下来。你看到二楼凉台上悬挂着一面拉美国家的国旗：白色条纹上 ① 印着国徽，两只豹子带着警戒的姿态趴在金色三角形的两边，三角形的中心是刚刚挣脱锁链的两只女人的手，一只是印第安女人的手，另一只是白人女人的手（但在那个国家，这两个种族的女人连话都不说一句）。在这处简陋的使馆边上，有一家"戈麦斯兄弟小五金店"，对面楼房的侧面，是一家生意遍布整个美洲的美国商场的分店。你毫不犹豫地进了门，登上一段狭窄的楼梯，敲了敲使馆的门。门牌上写着告示，十一点之前不接待任何人。大使先生穿着睡衣开了门。"您难道没看到牌子吗？"你轻轻地把他拉到一边，一屁股坐到洒满阳光的扶手椅上，说道："我不走了。""我不明白，秘书先生。请原谅我刚才没认出您来……但是这块玻璃的反光是那么刺眼……""马比央将军发动兵变了，整个政府被一网打尽，我有幸逃过一劫。现在，根据一九二八年哈瓦那泛美会议制订的崇高原则，特来贵处寻求避难。"大使先生一听此言，立刻满脸通红地跳了脚。"但这是不可能的，我的先生，不可能！我们国家又小又穷，您比谁都清楚，我们有些国家的大使，挣的那点工资……""会有人给我送钱来的。每月五百比索。"你说道。这时候，身后响起一个女人的声音："我们正好

---

① 很多拉美国家的国旗都采用三色设计，中间一条色块上面往往印着国徽。

有一间很适合单身男士的起居室，只要打开几个旅行箱就万事俱备了。"你转过头去，美丽的大使夫人身穿日本领事夫人赠送的和服，递给你一杯咖啡。"但愿我们两个老头老太不会让您感到厌烦。"

在新命令发布之前，全城从四点开始宵禁。晚上八点，马比央将军正式就职。他讲到独立战争中的英雄，讲到重获的自由和即将到来的社会公平，讲到国旗，讲到拥有光荣历史的军队，还有其他差不多的话。他还把这场光荣的运动归功于美洲那些伟人的思想以及诸如此类的事物。他告诉大家，星期二一切都会恢复正常，但四点钟的宵禁仍会继续。最后，他宣布立刻动工兴建一系列宏伟的公共设施：坎波卡拉大坝、科萨河上的大桥（那是一个奇迹般的工程）、西部铁路，以及从新科尔多瓦到卡德纳斯港的高速公路。"一切就绪，"你自言自语，"还没执政就开始抢劫了。马上就会有一大票有关枕木、铁轨、钉子、路基、电报杆的生意……这就是所谓的'西部铁路'，一切都不过是纸上谈兵罢了。连部件、桥梁和车站的竞标都是没影的事儿呢。至于公路，这花招就要得更简单，更不漏痕迹了。批准的规划是八米宽，真正跑车的时候只有七米六。一条公路四百公里，算算吧，这里面究竟有多少油水可捞……"当晚，城市里枪声不断。"打起来了，"大使说道，"在美洲，获胜的总是造反派。""只是苦了那些冤死鬼。充当炮灰的从来不是'乡村俱乐部'或者富人区的人。"你说道,"拉美军工厂生产的武器一贯是用来对付穷人的。"

三、又一个星期一（任何一个星期一）

烦死了,烦死了,烦死了。我周围的每件事情无不在增添新的烦恼。这不只是因为我被锁在这里寸步难行,连咫尺之遥的电影院都没法去（门口现在守着两个士兵）;也不只是因为我的房间小得可怜,全部家当只有一只充当床头柜的坎贝尔罐头箱。我的屋里挂着两张日历,一张是通用公司的,上面印着科罗拉多大峡谷、金门大桥、落基山脉、捕鳟鱼什么的,另一张是唱片公司的,上面的人物分别是万达·兰多斯卡、艾尔·加诺、伊丽莎白·施瓦茨柯普芙、路易斯·阿姆斯特朗、大卫·奥伊斯特拉赫和亚瑟·塔图姆。相对而言,隔壁的巴拉莫奇迹圣母教堂才是最让人烦心的。这是一座建于一九一〇年的典型哥特式建筑,后面的神殿不偏不倚地垂在餐厅窗户上方,形成一个天然的喇叭,终日不停地播放各种仪式中的拉丁语颂歌。我甚至都能背诵他们在晚祷时唱的那一首:

"所罗门王坐在桌旁,四周飘浮着我身上的芳香。"

夜以继日的囚禁生涯使我丧失了时间概念。我看着戈麦斯兄弟小五金店（根据店面上的年代，这家店始建于一九一二年），对着那些从古用到今的小玩意陷入深思。整个人类工业文明的历史，从史前时代到电灯泡时代，都体现在这家小五金店出售的商品里。这里有尤利西斯用过的麻绳、索具和细线；有天平和砝码——它们在对我们诉说，遥远的年代里的人在买卖水果鱼肉的时候，如何摒弃大致估量或按只买卖的做法，转而采用按重量买卖的方式，并从此将法庭和仲裁引入商业活动中去；店里那些石质研钵和这片土地上最原始的居民所用的没什么两样。大大小小的铁砧也是如此。还有安息日用的小砂锅，半个手掌长的方头西班牙钉子——把耶稣钉上十字架的钉子就是这个模样。还有很受当地农民欢迎的沉甸甸的锄头，那厚实的外观和中世纪祈祷书里田园牧歌风格的小画片（画的基本上都是三月时节）上的锄头如出一辙。百无聊赖中，我走到另一扇窗边，从这里可以看到美国大商店里的玩具橱窗。哎呀，我发现那里摆放的唐老鸭其实比教堂的祷文、说教和仪式更枯燥，比戈麦斯兄弟小五金店里的现代工具更单调。它拖着石膏做的肥胖身体，伸着橙色的脚掌坐在橱窗一角，俯视着玩具们的世界：那里有奔驰的小火车、小碗橱里的蜡水果、牛仔小手枪、小飞箭，还有带着遮光板的学步车。就算每天被出售十五次，它还是以同一个姿势待在那里，因为孩子们就是喜欢买走摆在橱窗里的"那一只"唐老鸭。一只女售货员的手伸出来，抓住它橙色的脚，把它拎出去，接着又在同样的地方摆上一只一模一样的替代品。这种在同一个地方无休止、不改样地把同一件东西换来换去的行为，让我想到了永恒。大概上帝也是这样换来换去的吧：他们被一种超越一切的力量支配着，从一个时代到另一个时代（这种超能力是叫"上帝之母"，还是叫"众神的母亲们"来着？歌德是怎么说的？），一成不变地守护着人间。上帝的宝座空了的时候，也就是变革的时候。一时间，火车出轨，飞机坠毁，轮船沉没，战火频发，瘟疫肆虐。这种假说是邪恶的异教徒马吉安①提出来的，按照他的说法，因为上帝是邪恶的，所以他创造出来的这个世界也是邪恶的。商店里的唐老鸭还让我联想到"芝诺飞剑"②的悖论：它既是静止不变的，同时又像流水一般天天被更换十五到二十次，并被人们带到这个城市的每一个角落，连最偏远的郊区也不例外。我认为这也是一种永恒。而那列昼夜在三米铁轨上跑个不停、每转一圈就亮一下小红灯的小火车，也是同样永恒的东西。"今天是星期五

---

① 早期基督教神学家，自立马吉安派，号称"基督教历史上最危险的敌人"。

② 芝诺是古希腊哲学家，首次提出"飞剑不动"悖论，较早地触及了物体位移中的客观矛盾。

吗？"我问大使夫人。"是星期一，小伙子。星期一。"我也不再看报纸了。我太了解马比央将军和他那班手下了。我可以想象，将军此刻正在问他的副官："优雅、精致、能说会道的欧洲女人是什么样子的？""我调查过了，将军。泰德尔公园附近有个叫希波丽塔的婊子符合您的要求。""中校，你得帮我们在郊外找间别墅。""遵命，将军。"我回到窗前，看到今天的第十八只唐老鸭已经被买走了，第十九只唐老鸭立刻填补了它的位置。

四、一个可以称之为星期五的星期一

大使先生近来心绪不佳。日益恶化的国界纷争搞得他焦头烂额，不知所措。政变后的局势一波三折，流血事件时有发生，直到现在，夜里还能听见枪响。马比央将军为了转移舆论，正在不遗余力地煽动爱国主义情绪，战争一触即发。广播和电视终日里翻来覆去地播放着："你们是英雄的子孙……""让我们的边界成为光荣的战场……""荣誉属于配得上它的人……""战死沙场，重于泰山……"等等等等。首都依然有很多反政府分子出没。为了震慑民众，马比央将军宣布本月某日——避难者搞不清究竟是二日、十一日还是二十八日——进行全城防空演习。每个市民都领到一本小册子，上面写着躲避演习中"自然掉落的流弹"的方法。"头顶报纸可以免于袭击吗？""不。""打伞可以免于袭击吗？""不。""躲到汽车里可以免于袭击吗？""是的，但是要放下车窗，尽可能往中间坐。空袭开始后，所有汽车都要停到最近的人行道上，并关掉全部车灯。"演习当晚，马比央将军全副武装，头盔上紧绑的带子陷到下巴的赘肉里。这位演习的总指挥、总导演，登上一座驻扎了一个防空兵中队的小山包，开始发号施令。信号，汽笛，熄灯，等待。"敌机来了。"然而热带天气总是出人意料。根据预报，今天本该是个晴天，但此时此刻群山上出现了大片厚重的云朵。天上的"敌机"看不见地上的目标，地上的炮手也看不见天上的目标，他们眼前只有大团大团灰色的云雾。"全体射击！"马比央将军愤怒地大喊。激战进行了半个小时。飞机一圈圈地盘旋，飞行员找不到预定的投弹点，总是把炮弹扔错地方。最后，飞机返回基地，演习宣告结束。马比央将军气急败坏地回到了米拉蒙特斯宫。"把气象预报员抓起来！"他说道。"贫民区有多人被'自然掉落'的炮弹击中。想想看，这些人家的屋顶都是用纸板做的。一共十七人丧生，多名儿童受伤。"副官小心翼翼地禀报，"我们要封锁消息吗？""是的，马上。你去通知报界，如果他们漏出去一点风声，我就启动新闻审查。"

边境冲突愈演愈烈。我打算为大使先生出份力。昨天，美丽的大使夫人对我说："他真是个笨蛋。"于是我开始研究这个邻国的历史，不知道能不能找到点有用的东西。该国是哥伦布在第四次航行中发现的，但他什么都没说——今天我们之所以知道这一切，是因为当时他的船上有一名摩尔水手，这名水手与研究星盘的学者易卜拉欣·阿尔·萨克里来自同一个家族，后来改行当了数学家。在他生前撰写的手稿中记载了这件事情。哥伦布什么都没说，是因为发现这个国家的时候，他正在发高烧，所以不愿拖着病体举旗踏上这片广袤的丝绒之地，做些"以某某的名义征服此处"之类的场面事。但他更不愿意把这份荣誉拱手让人，也就没派别人去插旗。带着锦缎雕皮的王旗迎风飘扬，轻柔而又刺激地抚过他的脸庞。大船起航了，王旗留在原处。长期以来，邻国的发现史都是一本糊涂账，一派学者们认为"哥伦布下了船"，另一派主张"哥伦布没下船"，双方的争论从未停止，直到某个阿拉伯语学术基金会发表了阿尔·萨克里留下的手稿，这桩悬案才真相大白。这片土地被发现后，第一批文明的殖民者纷至沓来：远征先遣队、印第安人监护官、破产的贵族、塞维利亚的骗子。这伙人全是赌徒、酒鬼和睡遍印第安姑娘的恶棍。紧随其后又来了第二批人，他们是法官、讼棍和税务官。就是这群人，经过两个多世纪的努力，把这块西班牙殖民地变成了一眼望不到边的牧场、玉米地和菜田……但是，谁也不知道是怎么回事，有一天，这个国家里出现了一本日内瓦公民卢梭写的《社会契约论》，接着是他的另一本书《爱弥儿》：于是卢梭式学校里的孩子们纷纷放下书本，改当木匠。为了观察自然，他们还去解剖昆虫和自投罗网的小壁虎。心高气盛的家长们愤怒了，天真的孩子们却不停询问，萨瓦省牧帅 ① 坐的是哪一班船，什么时候才能过来。最后到来的是法国大百科全书。美洲第一次出现了信仰伏尔泰的神父。此后，随着主张自由思想的美洲爱国友人会的成立，"不自由，毋宁死"的呐喊响彻云霄。整整一个世纪，人们打着"英雄"的旗号，接二连三地起义、叛乱、政变和革命。士兵们向首都进军，个人或群体之间的交战此起彼伏，没文化和有文化的军事独裁者换了一个又一个。有人为了稳定社会情绪，开始崇拜起孔德来，不但为他建了庙，还大肆传播他的《实证哲学教程》，但这番努力毫无效果。如果一个偶像没有看得见摸得着的圣徒让人去崇拜，那他注定是无法成功的。孔德的《实证主义日历②》也失败了，在这份日历里，克鲁梅拉 ③、康德、西藏活佛和中世纪的游吟诗人都各有自己的崇拜日。就连巴拉圭独裁

---

① 卢梭《爱弥儿》中的人物。
② 孔德创造的新历法。一年分十三个月，每月二十八天，每月崇拜不同的对象。
③ 古罗马农学家。

者弗兰西亚博士都有自己的日子——但巴拉圭人民都在虔诚地崇拜圣何塞、圣尼古拉斯、农民圣伊斯多（他有驱走暴雨、让艳阳高照的神通），以及宽袍大袖、麦色皮肤、心地善良、总是创造奇迹的加尔都奇圣母。就这样，人们折腾来折腾去，把好端端的国家折腾得千疮百孔。牧场被军队和土匪们洗劫一空，全国农业濒临崩溃。就在这个时期，一九〇七年，边界问题第一次被提了出来。而我却发现了大家都忽视的一点——当时，两国代表团以及作为技术顾问的德国一方，早就提出了一个上佳的解决方案。双方争议的地带是一片五百平方公里的热带雨林——我国当年和现在都在争这块地方。而我们的人口又主要集中在首都，这处雨林没有任何公民居住。相反，邻国在此地倒有很多居民。当时的解决办法就是：伊利巴勒河归两国共同所有，理论大于实际意义的边界保持不变。作为交换条件，邻国以最优惠的政策把农产品卖给我国（我们国家没有一个人愿意住到那个地方去）。邻国人民本就视我们如兄弟。只要没有亲自骑马走一趟，谁都不知道哪片划分给某位先驱或先知的土地，哪年哪月会被划到国境线的那一边。另外，邻国当年还对在该国置业的我国公民做出了极大的让步，赋予他们过境权、零关税、零通行税等一系列好处……"太棒了！真是太棒了！"大使先生得知此事，大喜过望，"马比央将军是个谈判高手。两国边境从理论上也没有改变。防空演习失败后，他可以向人民宣布，不会有战争了。孩子可以回到母亲身边，男人们可以回家，而我们国家也不丢面子……""想到这个主意的人应该是你。"大使夫人对丈夫说道。那个下午，她看我的眼神有点特别。

五、像星期一一样的星期五，或像卜星期二一样的星期四

　　边界问题终于解决了。从此之后，短短几个月的时间里，避难者已然成了使馆不可或缺的工作人员。在他的努力下，两国做成了一单以棉花换烟草的大买卖；也正是因为他，原本自给自足的产品（比如该国的传统面料——在伦敦纺织的高山羊毛），开始在邻国风靡一时；蛋糕店开始出售冰糖做的小鸟、太妃糖做的小动物和装在陶罐里的蜜饯。商店里摆满了邻国生产的各色腰带、带毛毡的草帽、方领低胸女上衣、用来放圣徒的陶土教堂模型，还有土法制作的吉他和小提琴。在那个国家，人人都会做弦乐。除去服饰和工艺品外，他们的传统乐器特别受外国人欢迎……但避难者所做的远不止这些。他早受够了那些无所事事、分不清周一和周五、周二和周四的枯燥日子，所以对使馆的一切事务都乐意帮忙。就这样，当大使先生手捧西默农的新作，津津有味地沉浸在探长梅格雷的故事里时，避难

者却在起草照会、国书、与外交部的通信、报告、备忘录……"我看您才是真正的大使呢！"领事如是说。这位领事先生长着一张丑陋的马脸，总是不请自到，大使对他深恶痛绝，说他来这里都是"为了打听小道消息"。有一天，避难者表示，他希望加入邻国国籍。"你疯了。"大使先生对我说。"贵国宪法规定（你拿起书，翻到相关的那一页，把目录指给大使看），所有在本国住满两年的外国居民均可申请本国国籍。我现在住在贵国的国土上，遵守贵国法律。如果我在这间屋子里犯下什么罪行，也只能受贵国法律制裁。""但是，您想在这里待上两年吗？""我已经待了几个月了，我想提醒您，有位著名的拉美领袖在邻国使馆一住就是七年，我承认，这场禁闭要比约拿①的长久，但比西尔维·佩里克②的短多了。""等你住满两年再说吧。""他一定会住满的。"大使夫人自信满满地说。她这句话让我想起了时间。我究竟还要在这个位于永恒的上帝和永恒的唐老鸭之间的世界里待上多少个月呢？

今天，大使先生要参加国庆阅兵，一大早就西装革履地出了门。我和美丽的大使夫人共进早餐，随后又一起去了前任大使留下的图书馆。"你在这里找不到任何有趣的书，"大使夫人

① 《圣经》中的人物，曾被鲸鱼吞下，在鱼腹中呆了三天才被吐出来。
② 意大利诗人、剧作家，曾入狱十五年。

对我说，"那位先生整天忙着证明美洲征服者们在这片土地上找到了骑士小说里写过的所有奇迹。你看，他的图书馆里全是骑士小说：《阿玛迪斯·德·高乐》，没意思；《伊卡尼亚的帕美林》，也没意思；《希法骑士》，更没意思。"我拿起一本《白骑士蒂朗》问她："这本呢？""没意思极了。""你难道从未读过'波拉塞尔·德·米维达①'的故事？那个把骑士藏进箱子里的姑娘，向他如数家珍地描述着公主美丽的裸体，她对他说……"（我迅速地翻到那一页，念了起来）：

啊，蒂朗，你竟不在这里，你竟无法享受这世界上你最爱的东西？

看吧，蒂朗，好好享受公主的秀发；

我替你亲吻它，你是世界上最优秀的骑士。

好好享受她的眼睛和嘴唇，我替你亲吻它们。

好好享受她水晶一样的酥胸，我替你抚摸它们，一手抓一只，它们是多么稚嫩、坚实、洁白又光滑。

好好享受她的腹部、她的肌肉和那深处的秘密。啊！我真是不幸，我要是个男人，一定在这里欢愉至死！

————————————

① 该书中的人物。这个名字的西班牙语意思是，我生命中的欢乐。

190

你在哪里？无往不胜的骑士！我这样虔诚地呼唤你，你为什么不来？

只有蒂朗的手，才配抚摸我正在抚摸的东西。其他人都不配。

那是毒药，可人人都情愿一饮而尽。

大使夫人被这一串妙语连珠的俏皮话逗得大笑起来。当我读到波拉塞尔梦见公主大喊"放开我，蒂朗，放开我"的时候，她笑得尤其开心。于是我摆出一副学究派头对她说："我们再也读不下去了……"[①]当这对情侣发现国庆阅兵已经结束，解散了的军官和士兵们正三三两两地走在大街上的时候，他们意识到，大使先生马上就要回来了，得赶紧穿好衣裳回到大厅里去。大使夫人拿出一本日历："我们每天都有时间的：国庆节，我们有八小时空闲。英雄纪念日那天，献花完毕后是自助餐，所以只有六小时。百年独立纪念日，九小时，我们还能共进午餐。每年六天国丧，要参加四个小时的仪式，还要听演讲（我每次都借口自己有肝炎不能陪同，让大使单独出席）。米拉蒙特斯宫新年宴会，大约五小时。建军日，八小时。游行后有军人俱乐部

---

① 这句话出自但丁的《神曲》中一对陷入不伦之恋的男女——保罗和弗兰切斯卡。

的午餐；再加上狂欢节的女王加冕仪式和外交官晚会。出于礼貌，外交晚会我是必须参加一些的。但是我们可以从其他地方把时间补回来，比如某些名人纪念堂的落成典礼——你得看仔细，这个国家有很多名人的——这些还不够：还有教皇陛下的吻手礼，上世纪一位厄瓜多尔伟人出生地的挂牌仪式，以及大坝、水库、桥梁等等的竣工典礼，这种庆祝活动天天都有。"正在这时，大使先生回来了。他浑身大汗淋漓，热得都喘不过气来了，上了浆的衣领遮住了长满痱子的脖颈。他喋喋不休地抱怨着天气是多么炎热，大太阳底下的观礼台又是多么难受。"美国武官们一看摩托化方队就会知道，那都是二战中淘汰的破烂货。"步兵们走正步时，一片尘土飞扬，真是疯了……

六、任何一天

一九二八年《泛美会议公约》第二章第二条规定："受理避难申请的外交官员必须立即向避难者本国外交部通报此事。"大使先生当初严格遵守了这项规定，在第一时间将你的避难事宜知会了马比央将军政府。你是极少数去外国使馆申请避难的前政府高官中的一员，这激起了当局极大的不安，两个配着刺刀的士兵一直把守在使馆门口。正因为如此，那天早晨发生的流血冲突才让你的反应如此强烈。就在几步之遥的大街上，在玩具店（受害者就倒在它旁边）和巴拉莫圣母教堂中间，警察朝一队游行抗议学生开了枪。他们之所以抗议，是因为马比央将军企图通过投票修改宪法，此举一旦成功，总统的连任期限将被延至八年。我多想和学生们一起呐喊，一起把木栓、螺母和石子扔向那些骑马的卫兵，让他们摔个人仰马翻。但是，在门口两个卫兵的看守下，我就算气炸了肺都没有用。此外，我清楚地知道，最先被捕的学生们将会遭受怎样残酷的折磨：人满为患的监狱（最后被抓进来的那些人自己都不知道，他们其实交了好运，因为监狱里住不下了，他们被关到了附近的旅馆里），盖世太保和美国FBI常用的酷刑，比如，让人在汽车的旧轮胎上一站就是十二小时。魔鬼们登场了：这些恶棍、流氓和傻瓜，都是那个恶霸的爪牙，他拇指和食指的指甲又长又硬，一下子就能撕碎人的咽喉。可是这些混蛋，还有更不堪一提的强奸犯和老鸨们，如今都领了证件和聘书，当上了警察。

现在，你恋爱了，你内疚不已。爱上大使夫人是个错误，甚至是犯罪。那些大街上中弹的学生，尽管比你年轻一辈，却有着和你一样的青春岁月（对你而言，那并不是太久远往事）。他们和你一样，曾经在哲学的世界中遨游，曾经开玩笑地说："世界是由两件东西推动的——性和剩余价值。"也曾经惊讶地发现，某些唯物论者对一些前苏格拉底时代的著作推崇备至，可那些著作既不起眼，也不完整，甚至都没有清楚地阐明思想……我从窗户探出头来，看到我的同胞伤痕累累地躺在街上，浑身是血，在布满弹痕的柱子下面匍匐挣扎。你走到大使夫人面前，倒在她怀里号啕大哭。"太可怕了，太可怕了，"她喃喃地说道，"你们国家的警察太野蛮了。""现在有了美国的教官，他们更加凶残了。"你抽泣着，她安慰你。为了平复你的心情，她让你靠在她的身上。你抱着她闭上眼睛。今天是什么日子？你不知道；是几号？你不关心；是几月？你不在乎；是哪年？现在你能看到的唯一年份就是小五金店上的年份："建于一九一二年。""也许这个年份能当个参考。"你苦笑着自语。现在，你的爱情越来越浓烈，爱情没有时间，就像一个法国歌星唱的那样："哪怕世界末日，也与我们无关。"在这样禁闭、孤独和静止的环境中恋爱，就如同一个在陌生的房间里吸鸦片的瘾君子，醒来后不知身在何处，于是就像艾尔帕洛①一样，纵身朝着一个未知的空间跳下去。但是，你爱大使夫人，她叫塞西莉亚。她洁白的臂膀紧紧地抱着你，你需要她。

---

① 《奥德赛》中的人物，曾在醉酒后爬上希赛王宫殿的屋顶睡觉，第二天醒来，听到军队要出发，一时忘记了自己身处何处，结果从高空坠亡。

你在最潦倒的时候，在她的身上找到了母亲的温柔、恩师的关怀和情人的火热。你和塞西莉亚，开始共同制定一个复杂的计划，好让大使先生命丧黄泉。砒霜？也许吧。但是……如何搞到砒霜又不被人发现呢？氰化钾？用起来倒是简单，但需要精心谋划才能得手。大使每天晚上都要吃些助消化的药片，可以把毒药放在药瓶里，再像骰子筒一样晃两下就可以了。说干就干。今天先别干，从明天开始：只剩下三片药了。等到就剩两片的时候，我们就着手办后事。死人佩戴的绶带和勋章都要准备好。要是只剩一片了呢？那将是惊心动魄的一夜。但是……谁去弄毒药？药房里有卖的吗？其实印第安箭毒最理想，器官上没有任何征兆，只要用毒草浸过的针扎上一下，人就立刻倒地不能呼吸，肌肉和肺部全部瘫痪。然而这种箭毒只有一个叫瓜奇纳帕的部落里才有，据说走到那里需要先乘小船，再换独木舟，足足航行一个月之久。你和大使夫人一筹莫展，齐齐地哭了起来。"如果他进了棺材，我们该多么幸福啊……"你走到窗边，混战结束了，伤员——也许是尸体——被抬走了。一颗子弹击中了玩具店的玻璃橱窗，摆放唐老鸭的底座应声而倒。唐老鸭的胸膛被穿了个小黑洞，龇牙咧嘴，四脚朝天地倒在地上。今天是英雄纪念日，店里放假，所以没人把它扶起来。

七、星期二之前

雨季到来时，我国和邻国的关系再次恶化，边境问题又被提了出来，国民群情激奋。但马比央将军正在调动全国所有的机构和宣传审查部门，掩盖血腥逮捕的真相。他现在急需军队全力以赴地镇压示威，禁止罢工，实施宵禁，强行抄家，搜查企业，巡视街道，等等等等。攘外必先安内，眼下实在不能对国内动荡的局势坐视不管，却把几个师的兵力都投到边界丛林里去。正因为如此，马比央将军一改对邻国厌恶高傲的姿态，开始变得宽容合作起来。他表示，"国际形势没有问题"，另外，美国刚在这块有争议的土地上获得了丰厚的开矿优惠，局势也因此变得更加复杂。大使先生被外交部召回面谈，最多会待十五天。大使夫人带着异乎寻常的殷勤为他整理行李，第二天又亲赴机场送别。她满意地看到，大使乘坐的飞机老朽不堪，怎么看怎么觉得会从天上掉下来。连维修技师都把这种型号的飞机叫作"会飞的棺材"。

第二天，领事来见我。"现在您是我的同胞了。"他边说边拥抱了我，还递给我一叠新国籍的身份材料，每一张纸上都印着国徽。从今以后，这就是我祖国的国徽了。两只老虎^①带着

---

① 前文描写国徽时提到，趴在金三角上的是两只猎豹。此处则成了老虎。作者原文如此。

196

警戒的姿态，趴在金色三角的两边。这个图案带有鲜明的共济会特色，很容易让人联想到我新祖国的国父，身为"理性骑士会①"成员的卡道什王子。"还有呢，"领事的声调突然变得一本正经起来，和刚才大相径庭，他慢慢对我说道，"这些年来，我向我国外交部汇报了您的工作情况。您在解决边界问题、促进商业贸易等方面做了大量卓有成效的工作。您为我们的国家付出的努力有目共睹，虽然那时候，您还是个外国人。这个笨蛋（他指着大使的座位）一无是处，我们都知道。所以（他提高了语调），您将会代替他，被任命为我国新一任大使。"看到我拒绝接受这项任命，领事先生指出，在他的国家（现在是我们的国家），担任大使的通常都不是职业外交官，而是有能力的杰出人物，比如，作家、金融家、社交名流、记者，等等。另外，任命他国人士担任外交使节或教职，乃是美洲国家的传统做法，连外国人都不是问题：中美洲就有过古巴籍部长，委内瑞拉人安德雷斯·贝略担任过智利大学的校长。"我记得……"我看到他还要继续举例子，赶紧打断了这个话题："但是，他们是不会接纳我的。"领事笑了："马比央将军现在巴不得与我们修好呢，他正打算向同盟国争取一亿五千万美元的发展援助，就算是开

---

① 共济会秘密组织。

197

膛手杰克当大使，他也会接纳的。""但是，大使先生和大使夫人怎么办？""这次我们召回大使，本就打算把他贬到哥德堡去当领事。至于大使夫人，如果她愿意的话，可以留下当秘书。"

新大使的前祖国立刻接纳了他，没有任何迟疑。下一个周二，避难者就向马比央将军递交了国书。看守在使馆门前的两个士兵，在最后一班岗上，把手中的武器当礼物送给了他。前大使的礼服很合他的身，但是礼帽太大，需要在帽筒里塞点报纸才能戴。奶油色的手套也太紧，根本套不上，只好用左手拿着，就像拿着一捆芦笋。但今天的一切都棒极了：他上了外交部派来的专车，与大使接待官进行了一番毫无生趣的谈话。今天是星期二。星期二，星期二，星期二！星期二，六月二十八日，六月二十八日！六月，这个月份让人想起海滩和广袤的天空……曾经的避难者在大使接待官的陪同下来到了米拉蒙特斯宫。鼠军士带着忏悔央求的目光看着他，但他视而不见。卫兵们纷纷向他敬礼，他就这样走进了马比央将军的办公室。将军热情地接待了他，像个喜剧演员一样读了国书，全世界的国书都像是从一个模子里刻出来的。随后，将军发表了简短的谈话，他谈到了两国上百年的传统友谊，谈到了当今大家如何互相尊重理解，共同向着繁荣的新纪元携手迈进。他还谈到了两国昔日的荣光，彼此亲如兄弟的关系，以及更加亲密友爱的未来，以及其他诸如此类的事情。新任大使用相同的措辞回答他，嘴巴里不时迸出"繁荣""友谊""理解""兄弟""我们的美洲""未来的大洲""新世界的政府们针对当今的思想意识冲突提出了第三种解决方案"，以及在所有此类场合都经常听到的言辞。随后，双方共饮香槟，为两国的繁荣昌盛干杯，并握手致意。在此期间，将军在新大使的耳边悄悄说道："为了避免麻烦，我没叫摄影记者过来。报纸会发一则消息，让别人觉得你只是重名。""我尊重您，将军。"马比央将军的声音更低了："里卡多，你是个混蛋。""那些优雅、精致、能说会道的欧洲娘们儿怎么样啊？我的将军？""滚！"……大使接待官走上前来，提醒说，本次接见到此结束。新大使背对着门，一步一步向后退。每退一步都要恭敬地鞠一次躬。他退出门去，又拉开一半门帘，探进头去说了一声："再见，费利佩。"

大使夫人摆下了丰盛的酒宴，等着我回来庆祝。饭桌上有我喜欢的俄罗斯腌黄瓜，有调味佳品芒果酸辣酱，还有巴黎刺山柑，这道菜配上法国甘蔗酒最美味不过了。受伤的唐老鸭换成了新的，但当我看到它时，再也不会去思考什么永恒的意义了。同样，再看到戈麦斯兄弟小五金店里的爱迪生灯泡，我也不会想到门罗公园了①。我擦拭着好久没翻的日历，把时间调到

---

① 位于美国加州，爱迪生实验室所在地。

六月二十八日。时来运转。甘蔗酒喝得太多，我有些心烦。正在这时，那首拉丁语颂歌又响了起来：

"所罗门王坐在桌旁，四周飘浮着我身上的芳香。"

我们打开收音机，用阿姆斯特朗的小号盖住了颂歌声。第二天，我花了好大力气才记起来，今天是星期三，星期三有星期三的工作。但是从星期四起，我就恢复了对日期的概念。于是，正常的工作和正常的时间，终于开始了。

译后记

阿莱霍·卡彭铁尔是古巴著名小说家、散文家、诗人和音乐理论家,(据其自述)一九〇四年出生于瑞士洛桑一个充满艺术气息的知识分子家庭。父亲是酷爱文学的建筑师,母亲是精通音乐的俄语教师。卡彭铁尔从小随父母移居哈瓦那,并从双亲那里受到了良好的文艺氛围熏陶。在哈瓦那读完小学后,十二岁的卡彭铁尔回到法国巴黎读中学,同时随母亲学习音乐。他于一九二一年重返古巴,进入哈瓦那大学学习建筑,并开始在报纸上发表文章。次年因父母离异,家道中落而被迫辍学,从此全身心投入到文学创作中去。

一九二七年,因反对马查多政府的独裁统治,卡彭铁尔短暂入狱,并在狱中开始构思自己的第一部小说《埃古-扬巴-奥》。出狱后,作家被迫流亡法国十载。彼时超现实主义正盛行欧洲,他在巴黎与包括作家安德烈·布勒东、路易斯·阿拉贡,以及画家毕加索在内的号称"浪漫主义后法国最杰出的一代"的大批超现实主义艺术家结下了深厚的友谊，并且很快成为该运动的主将。虽然超现实主义对卡彭铁尔的文学创作产生了深远影响，但是作为精神早已深植于拉美大地的古巴作家，他最终背离了这股浸满欧洲味道的潮流，选择为美洲写作。正如他在一次访谈中说过的："我完全明白，我不会给超现实主义增色，此外，我深信我的作品将为拉丁美洲而展开。"①

一九三三年，《埃古-扬巴-奥》的终稿在巴黎出版。在这部作品中，年轻的卡彭铁尔试图将先锋派前卫的写作风格与拉丁美洲的民族传统相结合，通过描写甘蔗园劳工们的现实生活，表现了带有神奇色彩的古巴黑人文化。虽然作家本人表示，这只是一次稚嫩的尝试，但他此后的创作方向与风格，在此书中已经初见端倪。

一九三九年，卡彭铁尔返回古巴，主要在电台从事音乐工作，其间曾前往墨西哥和海地考察，在海地的经历为他的成名作《人间王国》积累了丰富的素材。一九四五年，卡彭铁尔因为政治原因再度流亡委内瑞拉，直到一九五九年古巴革命胜利后才返回国内。在委内瑞拉的十四年是作家创作的巅峰期，他

---

① 阿莱霍·卡彭铁尔：《小说是一种需要》，陈众议译，云南人民出版社1995年版，第50页。

先后出版了长篇小说《人间王国》(1949)和《消失的足迹》(1953)、中篇小说《追击》(1956),以及短篇小说集《时间之战》等经典作品。一九五九年回国后,卡彭铁尔在古巴革命政府中担任了一系列重要职务,并陆续出版了《光明世纪》《巴洛克音乐会》《竖琴与阴影》等作品。一九八〇年四月四日,卡彭铁尔在古巴驻法国大使任上逝世于巴黎。

卡彭铁尔的作品对"文学爆炸"时代的拉美文学产生了巨大影响。他在《人间王国》的序言中,率先提出了"美洲神奇现实"的理论。他认为:"神奇是现实的特殊表现,是对现实的丰富性进行非凡和别具匠心的揭示,是对现实状态和规模的扩大。"[1]"神奇现实"不仅包括物质现实,还包括了人们的思想和梦境。而"神奇现实"的产生需要一种心诚则灵的信仰。与理性的欧洲不同,美洲人民虔诚地信仰奇迹,正是因为这种信仰,"神奇"才会体现在日常生活的方方面面,"神奇现实"才得以在美洲找到生根发芽的土壤。

卡彭铁尔的作品充满了鲜明的巴洛克风格。作家认为,夸张华丽、动荡多元、充满想象力与画面感的新巴洛克主义最适于描写"美洲神奇现实"。《人间王国》就是"神奇现实"的典

---

[1] 阿莱霍·卡彭铁尔:《小说是一种需要》,陈众议译,云南人民出版社 1995 年版,第 82 页。

范之作。这部六万字的小说通过黑奴蒂·诺埃尔的一生，描绘了十八世纪末海地第一次黑奴起义以及随后半世纪波澜壮阔的革命风云。一方面，小说取材于真实的历史和人物，考据翔实，栩栩如生地再现了当时的社会现实和时代风貌；另一方面，作家又在厚重的历史细节中巧妙地注入了美洲土著和黑人的风俗、宗教、神话等元素，将极具质感的日常生活置于充满荒诞和想象的魔幻氛围中。于是我们看到，黑奴起义领袖麦克康达尔（历史上确有其人）擅长变形术，经常化身蝴蝶、山羊、蜈蚣等生灵，守护在黑奴身边；黑人皇帝亨利·克里斯托夫能与死去已久的大主教的幽灵对话……当魔幻发生的时候，所有人都没有一丝惊讶，大家理所当然地觉得，魔幻就是现实中最寻常的一部分，魔幻就是他们感知现实的方式。这种真实与虚幻水乳交融的写作手法，营造出震撼人心的艺术效果，它不但影响了后来拉美一众魔幻现实主义作家，也影响了大洋彼岸的中国作家们。陈忠实先生就曾坦言，《人间王国》启发了《白鹿原》的创作。①

因为从小就在欧洲和美洲之间生活和学习，卡彭铁尔精通多国语言，对欧洲文化和美洲文化都有深刻的了解，他的作品

---

① 陈忠实：《寻找属于自己的句子》，北京大学出版社2011年版，第19—20页。

有一种哲学的高度。也许正因为自身的跨文化背景，卡彭铁尔尤为主张拉美作家们用广博的文化武装自己，并注意不同文化间的比较和联系。在国外，他的作品不仅是拉美文学专业学生的必读经典，也是社会学、宗教学、人类学等其他人文学科的研究者们珍贵的参考资料。

除文学外，卡彭铁尔在其他诸多领域，特别是建筑和音乐方面，都有极深的造诣。他曾创作过古巴第一部音乐专著《古巴音乐》，以及介绍哈瓦那建筑的专著《千柱之城》。音乐与建筑也深深影响了卡彭铁尔的文学创作，他经常有意识地以作曲家或建筑师的手法去构造文字，他不少作品都具有一种交响曲式或回旋曲式，抑或是建筑式的内在结构。这一点，在《追击》《圣雅各之路》等作品中体现得尤为突出。

本书共收录了阿莱霍·卡彭铁尔的十个短篇小说，分编在三个集子里，分别是收录其早年的小说的《先锋派》、成名作《时间之战》，以及《其他故事》。

《先锋派》是卡彭铁尔早年的创作，带有鲜明的超现实主义印记。其中《学生》是作者未完成的手稿，虽没有完整的情节，却通过一名学生在医院目睹外科手术的经历，勾勒出一个荒诞不经、充满想象的超现实世界。《电梯奇迹》则更像一出荒诞的黑色幽默。主角多米尼克是个被迫还俗的修士，生活在纸醉金迷的大都会，白天在高楼大厦开电梯谋生，晚上在楼顶虔诚苦修。他向往与世无争的隐修生活，却悲剧地成为一场暴乱的牺牲品，最后为了信仰"殉道"，奇迹般坐着电梯升入天堂。《月亮的故事》讲述了一个小村庄的擦鞋匠被鬼魂附体的故事，充满了古巴黑人文化和土著文化的元素。这个故事带有卡彭铁尔独到的风格——将现实与魔幻别出新意地融合。

《时间之战》的题目来自西班牙剧作家洛佩·德·维加戏剧中的一句台词："这是怎样的船长，这是怎样的时间之战的战士？"正如题目所示，这个专集里的三篇作品都以时间为主题。在卡彭铁尔的笔下，时间不再是线性的，而是如万花筒般变幻，呈现出眼花缭乱的形态。

《溯源之旅》以倒叙的方式讲述了主人公的一生。从堂马尔夏侯爵去世，祖宅被拆开始，一直写到他出生之前，甚至更久远的鸿蒙时代。整部小说如同一部倒放的电影，又如一幅精致的十九世纪哈瓦那风情画。读者随着逆流而上的慢镜头，目睹了一座拆掉的宅院重新矗立，又回归到未建前的荒芜；也见证了一个生命从死亡到复活，从老朽到孩童，直到返回到母亲子宫里的奇妙旅程。

如果说《溯源之旅》是时间在一个人生命中的倒流，那

《宛如黑夜》则是时间在漫长历史中的回闪。小说分为三章，分别对应了古希腊特洛伊战争、十六世纪西班牙对新大陆的征服，以及十七世纪法国向北美殖民地的扩张三个历史时代。除此之外，时间还在字里行间不动声色地穿梭跳跃，忽而后退到十字军东征，忽而又前进到第二次世界大战。小说第一章的主人公正是洛佩·德·维加那句台词中的古希腊战士。他在奔赴特洛伊的前夕，经历了从豪情万丈到心灰意冷的心路历程。萧条异代不同时，第二章、第三章中的主人公也是即将奔赴战场的士兵，虽然生活的时代相差了千百年，但他们的经历和情感，与第一章中的战士如出一辙。在小说的结尾，作家打乱时空，不留痕迹地将三名士兵合成了一个人。后之视今，亦犹今之视昔。时间流逝了两千年，人类的命运却没有丝毫改变。

《圣雅各之路》是三篇小说中最复杂的一篇。故事发生在十六世纪，当时的美洲正在进行殖民扩张，而欧洲则在进行宗教改革，不断爆发镇压异教徒的战争和流血事件。作家通过一个朝圣者在新旧两个世界的冒险经历，反映出这一时期丰富多彩的历史背景和社会现实。主人公胡安本是天主教士兵，随西班牙军队开往安特卫普镇压异教徒，不幸身染鼠疫。他在生命垂危之际，因看到天上的银河而奇迹痊愈。大难不死的他决心前往圣雅各朝圣，却在途中遇到一个从美洲回来的印第安人，在其花言巧语的诱惑下，放弃了朝圣的念头，怀着对财富和荣耀的渴望，雄心满怀地奔赴新大陆，可到了美洲才发现，现实并不如想象中美好。穷困潦倒中，胡安杀了人，当了逃犯，还与当年征讨过的异教徒们称兄道弟。美洲艰苦的生活加重了人们的乡愁，欧洲的一切都变得那么美好。可当胡安历经艰险重新回到西班牙的时候，却又一次陷入了对现实的失望之中，开始思念起美洲的一切来。他像当年那个诱惑自己的印第安人一样，劝说另一位也叫胡安的朝圣者和他一起去美洲发财冒险，再次踏上了开往新世界的航船。

这是一篇具有音乐结构的小说。细心的读者会发现，虽然胡安的故事一直都在向前发展，但文中有很多段落的字句都是一模一样的。安特卫普的胡安，朝圣者胡安，美洲的胡安……主人公命运的跌宕轮回，恰如同一主题下的变奏和回旋，演奏出相似而又变幻的乐章。

《其他故事》包含了四篇短篇。《昏暗的祭典》以一八五二年古巴圣地亚哥城大地震为历史背景，展现了这座城市天灾人祸的一年：地震，瘟疫，末日般诡谲的气氛。《亡命徒》写了一个黑人逃奴和一条逃跑的猎狗的故事。《先知》围绕着史前洪水的神话展开，作者通过加勒比部落传说中的造物主阿马里瓦克长老的视角，描绘了世界各个民族的"挪亚方舟"。《避难权》更像一则政治寓言：某拉美国家的总统秘书在军事政变中侥幸逃脱，来到某小国使馆避难，阴差阳错间不但成为该国新任大使，还俘虏了前大使夫人的芳心。作者以荒诞喜剧的笔法，反映了拉丁美洲黑暗的独裁现实。

六年前，在本书第一版的译后记中，我曾经写道："翻译卡彭铁尔的作品不是件容易的事。一方面，作家巴洛克式的文风使得小说行文极其繁复晦涩。另一方面，作品中包含了大量涉及欧洲、拉美乃至非洲的历史、宗教、神话、传说、风俗、典故等内容。由于文化和语言上的差异，这些内容无论对读者的理解，还是对译者的翻译，都构成了巨大的挑战。"

六年后的二○二○年，本书迎来了再版，我也借此修订之机，重新阅读了卡彭铁尔的原作。在这疫情全球肆虐的时刻，当我读到《昏暗的祭典》中的黑人琴手，背着尸体在墓地间穿行，却在看到墙头盛放的向日葵的那一刻，怦然心动于生命的美好；当我读到《避难权》中的总统秘书，在静止不动的禁闭中胡思乱想，却全然忘记了现实中星期的概念……我突然感觉到，初见时那么遥远而艰深的文字，原来却是这般贴近我的生活。捧着这部《时间之战》，我仿佛感到自己也成了《宛如黑夜》中的士兵，在历史的洪流中随波沉浮，在交错的时空中重复着宿命；而此时此刻的卡彭铁尔，是否也像《先知》结尾中智慧的阿马里瓦克长老那样，在天堂回望着纷纷扰扰的人间，露出一丝意味深长的微笑？

陈　皓

二〇一四年初稿

二〇二〇年七月五日修改于青岛大学